INK文學叢書 017

唐諾推理小說導讀選 II

唐諾◎著

目次

約瑟芬・鐵伊系列

Josephine Tey

達許・漢密特系列

Dashiell Hammett

Minette Walters

米涅·渥特絲系列

Writers

作家系列

自序

我一直是個出版界的編輯，近些年又很自大的把自己的工作擴充爲「與閱讀相關的人」，這些文字，是我推介推理小說部分的持續發言，前後忽焉也有個五年時光了，在朋友們屢屢好意（或隱藏了更大的惡意也難說）「勸進」集結成冊的壓力之下，我卻始終去除不了某種疑慮——這五年，環視周遭世事紛擾如麻，價值逃散瓦解，一堆好書閒置書店架上，我幹嘛要勸人誘人看終究次文學一等的推理小說呢？而且，站穩「通俗」位置、方便回頭訕笑有價值小說好在民粹氛圍中嫵媚取名取利的人夠多了，我既沒絲毫興致去那兒和他們卡位搶籃板，也始終不懂讚美人們的懶怠、堅固他們不思不想的懶怠有何意義可言。

儘管，我曉得推理小說在所有類型小說中有著奇怪且曖昧的高位，不乏非常不錯的作家和成品，我個人也一直期待這些好作家好作品有機會是座橋梁，可順勢引領我們去到比方說杜斯妥也夫斯基、葛林、福克納那兒的更豐饒世界去。

我想起下圍棋的事。

那些動輒可算清以下百手碁變化、不太像人的職業高段碁士常常說，當你還算不清楚時，最好下「本手」。圍碁的「本手」，指的是最穩健、最按規矩來、最開大門走大路的著手，當然，一盤只下雙方預料中事本手的碁，在高段碁士奇正相合的詭譎征戰世界中必敗無疑，就算僥倖不敗，碁也不好看沒力道沒驚喜，因此，下本手，但你得在心中蘊蓄力量風雷，以期在下一個對的時刻、對的戰場上，抓住戰機一瞬奮力出擊。

把這些文字集結一塊，如同把五年時光一次攤平來看，有諸多慘不忍睹之處（也因此可阿Q自己有進步），但偶爾倒也有一些些如米蘭．昆德拉所說「作品比作者本人聰明一點點」之處。比方說，我自己還覺得喜歡的，有寫史卡德系列的〈不自由．毋寧逃〉、寫雅賊系列的〈鎖——羅登拔世界的必要之惡〉，和寫漢密特系列的〈快得不得了〉等等。正正是爲著這些極有限的自我超越機會，我個人才堅信認眞書寫有其不可讓渡的意義，得不鬆手寫下去。

昆德拉的「作品比作者本人聰明一點點」的說法，我猜，係來自於書寫時某種持續的、屢屢要陷於絕望的不尋常專注。畢竟，在生活之中，即使是心思最沉靜安適的時候，你的思維往往還是跳動的、無法太長時間持續的，彷彿還keep an eye on的保留了一部分注意力，好應付時時可能襲來的諸般瑣事，便只有在書寫之時，你會進入一種狀態，進入一個zone，你的心思被迫專心持續幾小時、幾天或幾星期幾個月不放鬆，精疲力竭，於是，你遂有機會探入你平時不可能深入之處，叫喚出你平時召喚不出來、甚至不知道自己有的東西。這使我想起孔子講顏淵的「三月不違仁」，孔子欣賞的可能是這個好學生的心思專注而不是道德讚譽，諸如每天扶老太太過馬路什麼的。「仁」，原本就有著「知覺」「感應」的知性意義面向。

當寥寥有數差堪告慰的部分，和眾多讓你極不舒服的部分密密糾纏一起時怎麼辦？我想到《聖經．福音書》中耶穌著名的「麥子與稗子」的賴皮譬喻——就讓它們纏夾一起不分別，讓時間料理它們，時間到，無用的稗子自動在火中銷毀成灰，麥子則被篩選保留下來。因此，五年推理書寫，我此刻只把一些明顯的失誤，包括校對的、筆誤的、自己記錯引錯或發言太不恰當的部分調回來，然後排序、打字、校對……，就這樣，一切按照出版世界最基本的規矩來。

二〇〇二年五月十三日

約瑟芬・鐵伊 系列

約瑟芬・鐵伊是朵奇花，在英籍古典推理的豐饒大地，她孤獨的兀自盛開在高絕的岩壁之上。我個人習慣用讀張愛玲小說的心情來讀她，我堅信，百年以來沒任一位推理作家的描景細膩能力能與她匹敵，同時，她有一種英氣逼人、24K純金的正義感，通過如比爾・布萊森所言那種英國佬特有的「挖苦」語調，躍然紙上，什麼也擋不住——這是個有堅定信念的書寫者。

然而，她所使用的蘇格蘭場探長葛蘭特，卻是眞正的紳士，溫文、有最寬厚的人文內涵，把聰明用於解人，而不是賣弄炫耀。

鐵伊的第一名著是磅礡的奇書《時間的女兒》，但也許《法蘭柴思事件》《萍小姐的主意》和《歌唱的砂》更具文學的趣味、更見鐵伊的本色也說不定。

時間的難產與不孕

我認得一位聰明驕傲的朋友，偏愛所有動腦鬥智的遊戲，包括電腦踩地雷遊戲最快紀錄八十七秒，卻始終不看推理小說，有回，他聽我們眾人高談闊論推理小說煩了，撂下一句狠話，「我這輩子所知道最好的推理小說是，余英時先生的《方以智晚節考》。」

好傢伙，拿一代歷史大家的著作來修理人，這當然是極沉重的一擊。

還好，我並沒有忘掉一個名字：約瑟芬・鐵伊。

我的回答是，「那你應該看一本英國的推理小說，叫《時間的女兒》，這部小說講的是一名對人的長相有特別感受的蘇格蘭場探長，他因爲摔斷了腿住院，哪裡也不能去，只能老實躺在病床上，卻因此偵破了一樁四百年前的謀殺案：英王理查三世究竟有沒有派人暗殺掉據說被他囚禁在倫敦塔的兩名小姪兒，好保住他的王位——」

時間的女兒，The Daughter of Time這個書名出自於一句英國古諺：The truth is the daughter of time.意思是時間終究會把眞相給「生」出來，水落石出，報應不爽。

推理史上第一奇書

約瑟芬·鐵伊，是古典推理最高峰的第二黃金期三大女傑之一，但走的路子和與她齊名的阿嘉莎·克麗絲蒂、桃樂賽·榭爾絲大大不同，鐵伊毫不掩飾她對那種不斷複製、下筆如流水的討好讀者作品的厭惡，克麗絲蒂一生出書近百種，榭爾絲也達五十。但鐵伊一輩子只寫八本推理小說，本本俱在水準之上——否則她如何能以一敵十，和大產量的克麗絲蒂和榭爾絲並駕齊驅？

其中最特別的是這本《時間的女兒》。

老實說，在推理閱讀尚未成氣候的此時台灣出版這本書，只能說是作爲編輯人的宿命和任性。

宿命是說，你很難不出版它，否則你會像哪件該作的事沒做好一樣，睡覺都睡不好——《時間的女兒》在推理小說史上是一部絕對空前也極可能絕後的奇書，不因爲它到今天爲止仍被美國偵探作家協會集體票選爲歷史推理的第一名作品（第二名是安博托·艾可的響噹噹名著《玫瑰的名字》），而是因爲它雄大無匹的企圖、寫作方式及其成果。一般而言，歷史推理所做的仍是虛擬的演義方式，借用歷史的某一個時段、人物、傳說或事件材料，作家丟進一則犯罪故事，試圖由此產生化學變化，好碰撞出不同趣味的火花，但《時間的女兒》不是這樣，它不躲不閃不援引「小說家可以虛構」的特權，正面攻打一則幾乎不可撼動達四百年的歷史定論，比絕大多數的正統歷史著作還嚴謹還磊落。

這需要膽識，膽子＋學識——有造反的膽子不夠，還要有足夠支撐的豐碩學識。

而出版此書所以說基於編輯人的任性，原因在於，我個人實在不相信台灣的推理迷準備好了讀這樣一本書——讓我學習鐵伊的膽量，有話直說，這些年來，台灣的推理迷泰半習於也安於清楚模式化、輕飄飄表達方式的日本推理小說，《時間的女兒》無疑是密度太高、太嚴重的作品，它不像坊間日式推理，只要求讀者幾小時無所事事的時間而已，還包括謙遜的閱讀態度、細膩的思維、高度的文學鑑賞力以及基本的英國歷史認識。鐵伊不是會討好讀者、侍候讀者的寫作者，《時間的女兒》尤其是箇中之最。

這部奇書比較像推理大海中的瓶中書，寫給茫茫人世中的有緣之人。

歷史交代

好，《時間的女兒》到底挑起了怎麼樣的烽火？簡單說，它挑戰了英王理查三世在英國歷史上永恆邪惡象徵的四百年定論，如果鐵伊是對的，那數百年來所有英國人求學生涯所念的歷史教科書裡的記敘，將完全是胡說八道；被英人譽為聖人、撰寫過不朽名著《烏托邦》、至今仍被認定是英史第一良相的湯瑪斯・摩爾，在此事件中將成為是非不明的老糊塗蛋，或更嚴重，成為諂媚君王亨利七世而不惜歪曲歷史的小人：而曠世大文豪莎士比亞依據摩爾《理查三世史》所書寫的名劇《理查三世》，則是一齣廉價可笑的大鬧劇。事情大了。

往下，我們交代一下歷史背景，這滿困難的，因為一來這段歷史糾結盤纏，其次英國這些王公貴族為小孩取名字又沒什麼想像力，永遠在亨利、理查、愛德華、伊利莎白、瑪格麗特這幾個有限名字打轉，亂上加亂，我們試試看有沒有辦法講來簡明扼要，如果不能，那就抱歉請大家自行翻閱一下史書了。

時間大約在十五世紀中，由於彼時在位的英王亨利六世一直有精神上的疾病，無法續任國王職位，大權握於王后瑪格麗特（原法國公主）手中，遂爆發王位的爭奪大戰，交戰雙方分別是南方偏向平民大眾的約克黨，和北方以諸侯貴族為主的蘭開斯特黨，這場征戰持續約三十年，由於約克軍以白玫瑰為記，蘭開斯特軍以紅玫瑰為記，所以歷史上稱之為「玫瑰戰爭」。

一四六一年三月，在脫頓一地發生一場決定性的會戰，是役約克軍大勝，英國王位遂正式落入約克家愛德華四世手中，是為約克王朝的開端。

愛德華四世登基時年僅十九歲，是原約克公爵的次子，他的父親和長兄在征戰中敗死，並被蘭開斯特軍梟首高懸城牆之上，底下還有兩位弟弟，老三是耳根奇軟、後來叛亂被監禁而死的喬治，最小的理查就是日後鼎鼎大名的理查三世。

相傳愛德華四世高大英挺但頭腦簡單，極好女色，他登基後不顧皇家的娶妻慣例，瘋狂愛上一位原蘭開斯特黨爵士約翰．葛瑞的寡婦伊利莎白，伊利莎白是英史上有數的絕色美女，在和愛德華四世結婚成爲王后前已生有二子，婚後，她替愛德華四世又生了兩個男孩（即相傳被理查三世害死的塔中王子）和五名女兒。

愛德華四世在位二十二年，但玫瑰戰爭並未眞正落幕，蘭開斯特餘黨結合法國的力量，仍不時作亂，朝中亦不乏原蘭開斯特黨徒蠢蠢欲動。其中最嚴重的一回，起於愛德華四世的親舅舅瓦立克公爵，瓦立克公爵是幫約克家打天下的功臣，他本欲將女兒嫁予愛德華四世好爲王后，一計不成後，轉而將女兒伊莎貝爾嫁給喬治，並說動喬治結合蘭開斯特黨奪取他哥哥的王位，一度成功的將愛德華四世逼出倫敦，後來靠著理查潛入敵營，說動他三哥反正，同時也是靠著這位當時年僅十八歲的理查領軍，在倫敦近郊的巴納特大會戰中，再次擊潰瓦立克公爵、蘭開斯特黨和法蘭西聯軍，這場亂事才化險爲夷。

一四八三年酒色不斷的愛德華四世病逝，此時長子愛德華五世才十三歲，次子理查十一歲，因此遺命由弟弟理查（這個理查是理查三世）爲護國公。然後，依英國傳統歷史的記載，大權在握的理查忽然變身了，由戰功彪炳且敬愛兄長的國之棟梁，露出猙獰的面目，搖身成爲往後四百年英國人人耳熟能詳的「駝子」「血腥者」「凶手」「怪物」……等等英文辭典中所有髒名詞的總匯，他的罪狀大致可歸納爲：

一、指控哥哥愛德華四世和王后伊利莎白的婚姻不合法，以剝奪姪子愛德華五世的繼承權，竊佔王位。

二、拔除保皇的海斯丁勳爵等三位重臣，並下令將愛德華四世晚年的寵妃珍・秀爾裸體遊街示眾。

三、爲去除愛德華四世一脈的合法性，公開指稱二哥愛德華四世和三哥喬治兩人，並非他父親約克公爵的親生子，破壞自己母親的名節。

四、最罪大惡極的，他派人謀殺了倫敦塔的兩名小王子。

這個罪大惡極的理查三世在位只兩年。一四八五年，後來成爲都鐸王朝開創者亨利七世的亨利・都鐸，糾集蘭開斯特軍，並在法蘭西王傾力資助下，和理查三世會戰於包斯渥，在這場著名的大戰役中，理查三世的大將史坦利倒戈，約克軍大敗，理查三世戰死於沙場，正式結束了約克王朝，也正式結束了玫瑰戰爭。莎士比亞的《理查三世》一劇的高潮戲便是這場約克家的最後一役，他描寫會戰前一夜理查三世夜不成眠，爲幻覺（或他害死之人的鬼魂）折磨幾近瘋狂，戰敗後又懦夫般高喊要用王位換一匹馬逃走，極盡肥皀劇之能事把理查三世徹底打入萬劫不復的惡人地獄。

所謂的湯尼潘帝

這裡，我們可能有個疑問，如果疑點眞如鐵伊所言之多，即使這段歷史的記敘，相傳出自後來都鐸王朝的聖人摩爾手中，一般人信之不疑，難道就沒有某些個「不因人舉言」

的清醒史家發現不對勁嗎？就沒有人訝異過理查三世遽然且近乎不合理的轉變？沒有人注意到理查對敵手的寬宏？沒有人察覺他治下的英國政績斐然？四百年來的千千萬萬英國人全瞎了眼不成？

這點鐵伊非常光棍，她沒在小說中假稱葛蘭特探長是驚天動地的世紀新發見者（小說有權如此也不難做到），相反的，她讓葛蘭特和協助他的年輕美國人布蘭特在追案過程中清楚找出來，原來每一個世紀都曾有不同的學者跳出來質疑此事。由此，遂令《時間的女兒》一書除了驚悚尋找眞正的歷史凶手而外，轉入另一層更沉重更感傷的陰黯歷史死角。

書中，葛蘭特（鐵伊）提出一個名詞叫「湯尼潘帝」。葛蘭特解釋，這原是南威爾斯的一處地名，傳說一九一〇年溫斯頓．邱吉爾擔任英國內政部長時，曾派遣軍隊血腥鎮壓當地罷工抗議的礦工，並開槍掃射，這個地名遂成爲南威爾斯人的永恆仇恨象徵。然而，事實的眞相是，當時派去維持秩序的是首都紀律嚴明的警察，除了雨衣，什麼武器也沒帶，所謂的流血事件也只是在場有一兩個人流了鼻血而已。葛蘭特說，「重點是每一個知道這是無稽之談的人，都不加以辯駁，現在已經無法再翻案了，一個完全不實的故事漸漸變成一則傳奇，而知道它不是事實的人卻袖手旁觀，不發一言。」

鐵伊並沒只抓著湯尼潘帝這單一事件無限上綱，試圖以一個荒謬特例來指控歷史整體；相反的，她通過葛蘭特和布蘭特的交談，或與表妹蘿拉的通信，不斷發掘出更多的湯尼潘帝來。其中，布蘭特提出美國獨立戰爭前的波士頓大屠殺，說歷史眞相不過是一群暴民向英軍崗哨扔石頭，總計死了四個人（或說三個人）而已；蘿拉提供的蘇格蘭殉教事件甚至更精采，該地有一方大紀念碑，鐫刻著一則動人的聖潔傳說，紀念兩位殉教投水而死的偉大女性，然而當時在地的人誰都曉得，文件紀錄也清楚登載，這兩位了不起的女士既不是殉教者，也根本沒淹死，她們因通敵叛國被起訴，而且獲緩刑安然無恙。

同樣的，知道實情的人一致閉口不言，聽任虛假的傳說流傳，直到當時活著的人全部死去，留下堅強的傳說和更堅強的石碑，成爲該地的驕傲和觀光賣點，至此，結論簡單的打上了句號。

如此，鐵伊讓我們進一步曉得，湯尼潘帝不是歷史的偶然特例，它更可能是歷史傳聞鑄造過程某種遍在的方式。

如果我們以爲鐵伊所說湯尼潘帝的概念，指的是古遠湮渺、甚至無文字無歷史記載的時代，如古希臘荷馬神話時代或如中國的堯舜禹三代，遂教眞相考無可考的歷史慨歎和無奈，那我們可能就徹底錯解了鐵伊的不平和憤怒了。鐵伊在《時間的女兒》書中指出的種種湯尼潘帝，悉數是中世紀以降、甚至近在手邊的當代史例子。換句話說，不是因種種外在限制讓人們無緣看到或找到眞相，而是目睹眞相的人，因奇奇怪怪的心思閉口不談，有機會後來聽到或找到眞相的人選擇避開或掩耳不信。書中，蘿拉在那封貢獻了蘇格蘭女殉教者湯尼潘帝的信函附言中，講了一段關愛也深沉的話，「奇怪的是，當你告訴某人一個故事的眞相時，他們都會生你的氣，而不是生原說故事人的氣。他們不願違反原先的想法，這會讓他們心中有種莫名的不舒服，他們很不喜歡這樣，所以他們排斥且拒絕去想。如果他們只是漠不關心，那倒還自然也可以理解，但他們的不舒服之感卻極其強烈且明顯，他們是深惡痛絕。很奇怪，是不是？」

「起向高樓撞曉鐘，不信人間耳盡聾。」這兩句豪勇的詩句，仔細想來其實憂傷無比。如果我沒意會錯誤的話，不信世人皆聾只是一份不服輸的信念，是起身搏命一擊，這兩句詩透露的客觀事實是，我雖然不信，但長久以來他們眞的都聾了。

時間為萬物之母

從鐵伊的湯尼潘帝，我們會想到，時間，其實是個麻煩的母親，她會不孕，她會難產，當她生產時，所生的並不只有一個名叫「眞相」的獨生千金而已，她還生出更多各式各樣奇奇怪怪的女兒來。

所以事情清楚了，鐵伊取這個書名，又在扉頁引述那句古諺，絕不是歡欣的發現，更不是堅實的證言，這是反諷。

了解鐵伊是反諷，大家梗在喉嚨裡、急欲追問的這個問題，其實也就可以不必要問了——《時間的女兒》一書，從一九五一年擲地如金石出現至今，是否幫理查三世平反了惡名？改寫了教科書上這段歷史記述？

答案當然是沒有。今天，英國的小學生仍得戰慄的聽塔中王子的舊版本，這兩個可憐的男孩如何被壞叔叔害死；這個壞叔叔是駝子，是凶手，是血腥者，是怪物，是喪心病狂……我們外國人旅遊泰晤士河畔的倫敦塔，導遊書上提醒你看的仍是這個陰森森的謀殺現場——我們說過，改變理查三世這則大湯尼潘帝代價太昂貴了，要翻掉整整四百年，還要命的包括了兩名歷史上的不朽巨人：湯瑪斯・摩爾和威廉・莎士比亞。

從一幅畫像開始

然而，《時間的女兒》也不是完全徒勞的一擊，鐵伊至少勇敢且大聲的把她相信的結論再說了一遍，再一次催生歷史的眞相。說來好玩，也由於《時間的女兒》一書在推理史的不朽地位，倒使得歐美的老推理迷成爲這星球上站在理查三世這邊密度最高的一組人——是，時間不會自動生出眞相來，她只提供機會，讓人不絕望而已，你得努力幫她催生。

鐵伊的成果，我們有另一證據：這回臉譜出版本書，揚棄了原版本封面上故意畫來邪惡的理查三世圖像，找回鐵伊在書中一開始就提到，現存於倫敦國家人像藝廊的理查三世原畫像，我們發現，畫像資料如今清楚加了一條註記：這就是《時間的女兒》一書所提到的原畫。

說到畫像，腦袋清晰縝密但也文筆漂亮的鐵伊，在這部宛如一流歷史學術著作的小說中，唯一使用到小說家特權的部分是，她讓整個探案開始於葛蘭特不小心看到這幅畫像複本，葛蘭特對人長相的奇特感覺，令他無法相信畫像中人是冷血變態的凶手，他把畫像拿給出入病房的醫生、護士、管家、部屬、女友等每一個人看，每一個人都提出一己不同的有趣感受，只除了一點，沒有人認爲其中有任何一絲邪惡的氣息。

腿傷只能盯著天花板的葛蘭特，遂因此決意探入這樁四百年前的謀殺案。

臉譜出版公司也決意將這幅理查三世的畫像印上封面，幫葛蘭特詢問更多人看這畫的感受，然後，歷史上最了不起的探案開始了——

延遲者

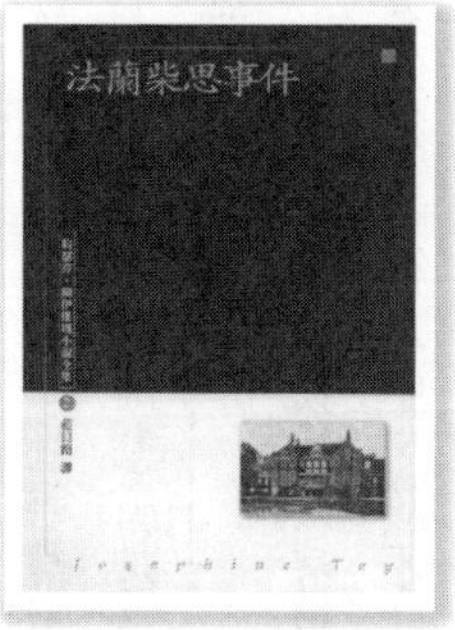

橫溝正史筆下的日本名探金田一耕助，其探案最醒目的特點之一，是詭異且帶著宿命威嚇的連續殺人，這是小說賣點，但沒辦法的是，這也爲這位亂頭髮的名探帶來嘲諷——怎麼搞的，老是所有人都快被殺光了他才破案？

相形之下，英籍的古典推理女王阿嘉莎・克麗絲蒂便有自覺且幽默多了，她不待別人開口先行自嘲：在她一部小說中，她透過書中自己化身的女推理作家奧利佛太太說：「在我筆下那名吃素的芬蘭神探得到靈感之前，已足足死掉八個人了。」

我們讀推理小說的人當然不難理解，推理小說中何以人命如草芥死個不停。死亡，從閱讀面來看，是即溶式的高潮，多少可保證看書的人不馬上打瞌睡，如果說一次死亡的提神效果能持續個三十頁，那八次安排均勻的死亡，的確能讓人撐完一本二百四十頁的小說沒問題；就情節安排一面來看，死亡則是舊線索的嘎然而止，簡單造成迷宮中的驚愕死巷效果，是推理作家逗弄讀者的最方便手法——所以說作家讀者兩造大家心知肚明。其實，較磊落的推理寫作者倒並不諱言這個，像S.S.范達因就講過，「缺乏凶殺的犯罪太單薄，分量太不足了，爲一樁如此平凡的犯罪寫上三百頁，也未免太小題大作了，畢竟，讀者所耗費的精力時間必須獲得回饋。」

然而說眞的，范達因話中那種憂心勸告的意味是多慮了，我們不管從推理作家的職業心理狀態或從現實作品的不斷呈現結果來看，推理小說中，死亡，只會被用得太多而不是太少；用得太重而不是用得太輕。它是特效藥，但也跟所有特效藥一樣，其最大危機便在於被過度使用，且兼帶不怎麼好的副作用。當死亡愈多、死得愈詭異離奇或愈殘暴，死的人愈重要、地位愈高財富愈鉅，小說本身往往相對的單薄乏善可陳，兩者互爲因果，成爲惡性循環。

也因此，我個人常想，推理史上有哪幾部名著是不靠死亡卓然而立的呢？或者，在眾多分類排行之中，該不該增設這個相當有意思的欄目——「非死亡」的最佳推理小說暨十大排行榜？

我個人之所以認爲不存在死亡的推理小說有意思，首先，在於它暗示了寫作者的勃勃自信與勇氣，敢於不依靠死亡所必然挾帶的感官刺激來吸引人；然後，如果這份自信和勇氣沒失敗的話（當然也可能失敗，失敗意味著這是一本沒人要看的無聊小說），那就更有意思了，因爲寫作者得塡補死亡不在所失去的戲劇效果和磁場，這便代表著這本推理小說本身的飽滿豐厚，換句話說，它得更巧妙、更深沉，或更具想像力。

鐵伊這部《法蘭柴思事件》便是這樣一本小說，如果有上述排行，我相信就算它不是第一，也必然在前三。

作為捍衛戰士的鐵伊

《法蘭柴思事件》其實只是一樁小事，「被害人」只是一名十幾歲的在學女孩，她沒死，只是假期結束沒按時回家，聲稱在等車時被一對好意讓她搭便車的母女所誘拐，監禁於一幢古老的大房子內，強迫她當女傭；所遭受的傷害亦僅僅是鞭打和挨餓而已。這幢監禁她的大房子名字就叫「法蘭柴思」。

看慣了大場面、血流漂杵謀殺場面的推理讀者，面對如此的小case，一下子還眞會適應不過來——然而，強悍的鐵伊便敢於如此挑釁讀者的閱讀習慣和閱讀期待，她實在不怎麼像個類型大眾小說作家。

但勇敢不同於血氣，它通常不來自魯莽擋不住的性格使然，而是對某個信念或某件自覺有價值事物的堅持，因此甘冒其他不韙的意志和決心。如此我們要問的便是，鐵伊到底想幹嘛？她「假借」推理小說的外殼眞正想傳達的是什麼？支撐她堅定信念的到底是什麼？

讀鐵伊的小說，最容易感受到的是一種遍在且無意掩飾的強烈火氣（類型小說作家最不該有的，即使有也應該藏起來），我想這正是她寫小說無可替代的動力，說明她是那種事事有意見、有話要說而不是只想賣書的寫作者。更妙的是，鐵伊火氣中很大一部分居然直接朝向作為她衣食父母的大眾。在她的鉅作《時間的女兒》首章一開頭，她通過困於病房的葛蘭特探長嘴巴說，「過多的人誕生在這個世界之上，寫了過多的字。數以百計的字每分鐘都在付印，想起來就可怕。」然後，順勢把一堆流行小說又嘲又諷的結實修理一頓；而我們知道，《時間的女兒》嚴肅而沉重的檢討了傳說和歷史的虛假和誤謬，鐵伊相當程度歸因於人們的無知、懦怯、燒昏腦袋的激情和種種隱藏著各自利益的私心云云。

在《法蘭柴思事件》這本書中，鐵伊延續了或說擴大了如此的憤懣。鐵伊筆下，這樁蘇格蘭場原本決定不移送起訴的疑似綁架案，經過八卦小報的煽情報導，遂成燎原之火，在整個英國爆發開來，當然，在一造是年紀不到十六歲、有一對嬰兒藍且分得很開的眼睛、飽受凌虐的清純女學生，另一造是加起來超過一百歲、住法蘭柴思大房子（儘管實際上頗窮）、且不跟人往來有巫婆傳聞的母女之間，義憤塡膺的大眾當然一面倒站在前者那一邊，於是正義之言—謾罵—杯葛—騷擾—攻擊遂像一條誰也擋不住的單行道，暴力在正義的召喚下，毫不猶豫的現身，法蘭柴思先是圍牆被漆上髒字眼，跟著被翻牆侵入擊破玻璃並毆打，最終是一把大火燒了。熟悉人類歷史的讀者應該不意外，更不會認為這只是鐵伊的過甚其辭，這是人類集體行為經常呈現的公式行為——在這裡，鐵伊藉由一樁英國小鄉鎮的小小綁架案，簡單連上了人類狂暴而且始終悔改不了的記憶。

從鐵伊這樣的憤怒投槍，我們可循跡溯回她所珍視的、認真要捍衛的事物：她相信知識、相信經驗、相信進步是人類認眞使用腦子的可能結果，時間則是必要的代價，激情和狂暴不足以讓美好的結果更快呈現，只徒然帶來傷害和步伐的踉蹌偏斜；她相信各種德目，但小心不讓其中哪一項標高到神聖的地步，以免侵害了其他德目；她甚至相信價値和德目並不必然自動和諧，在現實世界中不免彼此傾軋衝突，因此人得認眞去分辨，並細心的思考、守護、微調，並時時檢查它的鋒芒。

回歸英國知識分子傳統

羅勃．巴納德在爲《時間的女兒》作序時，稱之爲某種中產階級的困境，但我個人寧可稱之爲洛克以降的英國知識分子傳統。

從十八世紀法國人簡單標舉著「自由、平等、博愛」（他們從不關心這其實是分別的三件事，實踐起來往往不共容）進行大革命之後，全世界此起彼落的現代化過程總挾帶著高熱的激情。這方面，美國人自詡他們得天獨厚，他們以爲北美新大陸的廣袤土地提供了社會發展衝突的安全閥，避開了諸如法國大革命、蘇俄社會主義革命、德義法西斯熱潮等等所付出的殘酷代價。

如果我們說美國是仰仗空間來稀釋熱情，那英國便是依靠時間來節制熱情——眾所周知，英國不僅是工業革命的母國，也是社會平民化、政治民主化的起源地，他們不像後來超英趕美的其他國家那樣，把浩大的人類改造工程壓縮在極短時間內，將包括政治、經濟、社會、家庭等等大問題「畢其功於一役」；相反的，他們開始得早，有機會一次只對付一個問題，所以能冷靜的運用理智，可靠的積累經驗。英國這樣的知識分子像思維的工程師，而不像意識形態化的革命者，這一點，我們從法國大革命彼時整個歐陸的狂飆聲中，英吉利海峽這邊柏克那種冷靜憂心、略帶遲疑保守的批評，最能體會出英國知識分子的如此特質。

不僅面對波瀾壯闊的法國大革命如此，英國的知識分子甚至還馴化了更具狂野力量的社會主義意識。

被延緩的社會主義

有個老笑話是這樣子的：話說有三種人爭論誰的行業最古老，石匠說石器時代是人類最早的階段所以最古老；但建築師不同意，說早在那之前宇宙一片混亂便是靠著建築師才建立了秩序：社會主義者的回答是，「好極了，那你知道混亂是誰造成的呢？誰都知道是我們社會主義者。」

社會主義的確滿混亂的，把外頭世界弄得一團亂不說，它的自身內部亦混雜不休，比方說，德國經濟學者宋巴特便曾羅列出不同的社會主義達一百八十七種之多，但這麼多社會主義並非全無交集，基本上，追求經濟的平等是它們相當一致的目標，而早期的社會主義的確也都伴隨著相當的激情——暴力革命式的激情如馬克思，或宗教式的激情如歐文。

最早壓住這類激情，轉向和平漸進改革的便是英國的「費邊社」，這是由英式傳統知識分子社會主義者所創建組成的，重要的成員包括蕭伯納、韋伯夫妻、奧利佛、華勒斯等人，時間早在一八八四年元月，才是社會主義開始在歐陸蔚然成風的時候。

取名費邊社，Fabian Society，饒富深意，這名字出自昔日古羅馬名將Fabius，費比厄斯。此人是擊敗迦太基一代雄主漢尼拔遠征軍、保住羅馬的英雄，但有名的不僅是他的功業，更在於他制勝的戰略——他不正面和強悍的漢尼拔決戰，只是堅定的尾隨、迂迴和騷擾，羅馬城的一度陷落他不理會，被譏諷爲懦夫叛國他也不改其志，這爲他贏得「拖延者」的美名（當然，一開始是罵名）。

費邊社的格言（出自創社人卜特瑪手筆）說的便是這個，「你必須等待適當的時機，就像費比厄斯和漢尼拔作戰，儘管許多人指責他遷延不進，他依然耐心等待。但是當時機來臨，你必須像費比厄斯一樣，奮力出擊，否則你的等待只是徒勞。」

於是，這個由典型英式知識分子組成的社會主義團體，甚至並不尋求「完全一致的思想和目標」，只冷靜的把社會主義的課題拆解成一小塊一小塊，定期研究討論，提出具體可行的方案，並發行小冊子，數十年如一日，如此，他們漂亮的馴服了當時宛如「闖入瓷器店的發情公牛」般的社會主義，不僅撐起了日後的英國工黨，而且提前爲今天歐陸幾乎各國都有、在民主憲政架構下運作的社會主義政黨做了示範。

煙霧正遮著你的雙眼

耐心等待，適時出擊，這容易嗎？我們只能說這叫說來容易。有一首很好聽的英文老歌叫〈你的眼睛在抽菸〉(Smoke gets in your eyes)，歌詞中說，「當你的心燒到白熱之時，你頂好留心點，煙霧正遮住你的眼睛。」

在激情中不忘煞車，保持冷靜用腦，談過戀愛的人都知道這有多困難；但更難的是，在面對別人的激情，尤其是一大堆別人構成所謂的群眾激情之下，你不只是維持冷靜用腦，而且堅持自己的信念和步伐，並干冒不韙的大聲說出自己相信的事，這就眞需要一點本事了。

約瑟芬・鐵伊，以及她身後那些冷靜到近乎矯飾無情的英國知識分子，對我們這些年來仍不時陷身激情泥淖的台灣社會，其實是有著相當的啓示意義的。

最後，請容我引述昔日費邊社成員佩仁德夫人的一段話作爲結束，儘管政治立場或有差異，但我總認爲這些話宛如出自鐵伊之口，「你們努力使窮人仍陷身於不幸之地，你們迫使他們加入革命，你們幸災樂禍看著罷工衝突，期待著流血事件，我將怎麼稱呼你們呢？愚蠢至極。社會將經由緩慢的進化過程來改革，而不是革命和流血，就是你們這些革命者阻礙了社會進化。」

露西的故事

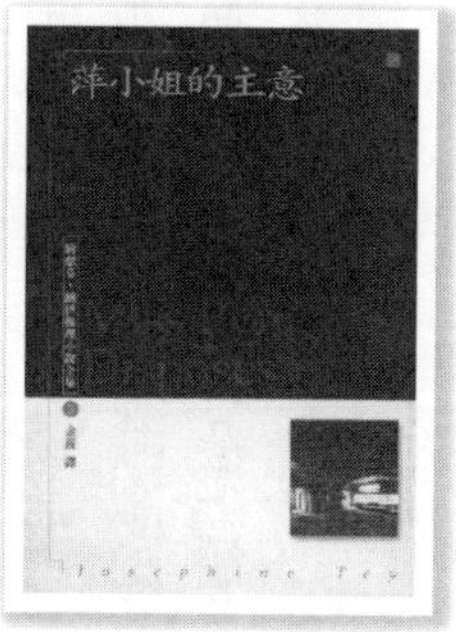

Lucy's in the sky with diamond.

露西在鑽石閃耀的星空——

這是昔日披頭四的一首燦爛老歌。在讀這本鐵伊的《萍小姐的主意》時，我腦子裡一直響著這首歌的旋律，不只因爲書中的女心理學家萍小姐就叫露西，而且這個名字屢屢出現；也不只因爲露西受邀到一所女子體育學校演講，從而和一群青春得一場糊塗的女生相處數日；更因爲鐵伊毫不放過書中任何一個邊緣角色，把這一群高矮胖瘦的吱喳女孩寫得燦若滿天繁星。

露西的故事——事實上，藉著披頭四這首歌當橋梁，我們還可以放任想像走得更遠。遠到什麼地步？遠到接近世界伊始的伊甸園中的夏娃，而露西正是人類學上夏娃的名字——那是發生在一九七四年一則眞實的傳奇，一支美法聯合調查隊在非洲挖到一具在人類學定義上堪稱完整的「女性」嬌小骸骨，測定時間爲三百到三百五十萬年前左右，人類學家稱之爲「阿法南猿」，已能直立行走，是目前人類學家手中有關人種起源的最古老骨骸，甚至頗爭議的被看成已知所有人種的祖先。

這個身高才三英尺、毋寧更像猿類的女夏娃名字便叫露西，原因是這群頗稱浪漫的調查隊員，在骸骨出土之際正聽著披頭四這首Lucy's in the sky with diamond，於是他們讓她就叫露西。

想看露西的模型並聽聽這首歌重溫這段傳奇故事的人，可抽空到台中市的科學博物館去一趟。模型（委託大英博物館特別製作的模型）中，矮小的露西微微傴僂著背孤獨站在山頭上，頗爲嚮往似的看著遠遠山谷中人類學家的營地，營地放著這首歌，你只要找到那個樓層，豎起耳朵，順著斷續飄來的披頭四歌聲循跡而去，便能引導你找到露西，我們最老的老母親。

人體與人腿

雖然還不到眾所周知的地步，但不少人知道，兩位當然沒露西古老、但俱已辭世的古典推理第二黃金期女傑阿嘉莎・克麗絲蒂和約瑟芬・鐵伊彼此並不對眼，甚至相互瞧不起，這裡我們來火上加油一番，看看兩人又一次南北兩極似的演出：

在克麗絲蒂的名作《豔陽下的謀殺案》一書中，大偵探赫丘里・白羅指著海灘上蓋著頭臉日光浴的男男女女身體說，「看看他們，成排的躺著，他們算什麼呢？他們不是男人和女人，他們沒一點個性，只不過是一些——人體（屍體）而已！」

然而，在鐵伊的《萍小姐的主意》一書中，露西・萍小姐決定留下來並盡責的奮力早起參加晨禱，當她看著前面跪著的一排女學生的腿時，卻趣味盎然分辨起哪雙腿足屬於哪名女生所有，「……她發現，由雙腿來辨認不同的人，與經由臉孔來辨識的效果相當。瞧瞧，眼前一雙雙固執的、輕浮的、清爽的、遲鈍的、懷疑的腿，——只要換一面，再瞄一下腳踝，她就可以喊出：戴克絲，或是茵恩斯、魯絲、寶菈，來和這些腿配對。」

如果我們進一步追問這兩段說法在各自小說中的意義，那恰恰好亦是南轅北轍：克麗絲蒂的「人體趨同論」在她小說謀殺案中起著極其關鍵的啓示作用；而鐵伊的「人各有腿」則只是萍小姐好奇心十足的又一新發見罷了，其中或者隱含著一絲對青春學生歲月的鄉愁式眷念，但就小說本身而言，並沒有任何設計性的技術功能存在。

扁人與圓人

這裡，我們先介紹英籍小說名家E.M.佛斯特有關小說中人物角色的兩種分類概念：扁形人物和圓形人物。

所謂的扁形人物，指的當然不是前台北市長麾下戴綠色扁帽子那群人，而是小說中扁平如薄薄一張紙的人物。他的製造方式通常是，把差異去除，把變動阻絕，把各自的性格抹平，最終正如克麗絲蒂所說的，連性別也不存在（儘管理智上我們仍知道他們是男是女），個性也沒有了，而簡單成為「一個」概念。比方以耳熟能詳的金庸小說角色為例，郭靖是「忠厚」，黃蓉是「世故」，小龍女是「純眞」（對不起，依我個人看比較接近「愚蠢」）云云——沒錯，扁形人物最大的集散地是通俗類型小說和同概念的好萊塢電影。

作家在形塑扁形人物之時，是已知，而不是未知；是製造，而不是思考。他並非藉此探索人性的複雜微妙及其變化，而是擺脫拿來「用」的。以推理小說來講，用來做什麼呢？用來充當「被害人」「兇手」「偵探」和「嫌犯」等缺一不可的概念性要角，而通常他們尙各自擁有次一級的職業身分，比方說「警察」「富翁」「繼承人」「管家」「司機」「花花公子」「律師」等等，他們出現時不必佩戴名條就很容易辨識，因為你看到的往往不是一個人走過來，而是一張名片走過來。

然而，扁形人物並非全然的一無可取，我們先看在小說和電影電視的世界中充斥著不亞於恆河沙數的其薄如紙人物，就知道箇中必有道理。這一點世故敏銳如佛斯特知之甚詳，他指出兩點：一是易於辨識，另一是便於讀者記憶，這兩大優點當然互為表裡。

不信我們可以試試看。像我們前述的金庸小說人物，你不會搞混，也很容易向別人引述，因此，他既不用考驗讀者的耐心、專注和能力（洞察力、感受力、記憶力等等），更易於傳播和引用；然而，我們要怎麼才能簡單辨識小說中的非扁形人物呢？你要如何才能記得清《戰爭與和平》裡的安德烈公爵呢？或《白癡》裡的米西肯呢？或《喜劇演員》裡的那位第一人稱敘述者布朗呢？用佛斯特的話來說是，「……我們卻無法以一句簡單的話將他描繪殆盡。在我們的記憶中，他和那些他所經歷的大小場面血肉相連，而且這些場面也使他不斷改變。換句話說，我們無法很清楚的記得他，原因在他消長互見，複雜多面，與眞人相去無幾，而不只是一個概念而已。」

共相與個相

至於相對於扁形人物的所謂圓形人物，這裡只消把上述的說法逆轉過來即可，不必多費口舌。包括圓形人物接近眞人，強調個別的差異性和獨特性，尤其是他在不同處境不同特定時空之中的種種矛盾和變化；也因而包括了他的辨識不易、解讀不易和傳達不易。這樣的麻煩人物在小說（乃至於戲劇）世界中出現的時代稍晚，一直要等到十八世紀以寫實爲著眼的現代小說卓然而起之後，才取代那些大英雄、大政治人物的肖像（肖像當然也只是扁扁的一張紙），成爲我們所謂正統小說或嚴肅小說中的主體人物。

這裡我們來問個笨問題：如果說扁形人物是一種概念化的人物，強調共相；而圓形人物傾向於個別的眞人，強調差異和獨特，那是否扁形人物更能讓我們抓住人性的共同眞相呢？不，當然不是這樣，因爲扁形人物所捕捉的所謂共相，只是一種最表象、最浮泛的公約數，沒任何祕密可言，就像英國名小說家D.H.勞倫斯所說的，當你快速的從表層「知道」了這個世界，往往在這樣已然了解的錯覺之下，喪失了眞正深向挖掘的意圖。

勞倫斯的「深向挖掘」清楚指出一個弔詭的眞相：人性若眞有所謂的共相可言，用約分式的做法並無法帶領我們多少的理解，相反的，往往我們從其巨大的差異張力之際，乃至於從人性的各種扭曲、變形和推至不可思議的邊界情況中，才能得到一次又一次的理解。

我們生活周遭的眞實經驗是不是這樣子呢？應該是的。我們每天從報刊雜誌乃至於電視廣播中，會接觸到很多扁形人物（近幾十年來，傳媒已成爲扁形人物的最大集散地），我們也都能清楚對別人傳述，包括宋楚瑜是「勤政愛民」，連戰是「愚笨」，陳水扁是「魄力」（或「鴨霸」）等等，但這些並不一定是他們眞正的人格眞相，我們也無法通過這些得到什麼對人的新理解。我們對人的理解，主要還是來自眞實存在的家人親友，但你要不要試著說說看他們是怎麼樣的人呢？

公鵝與母鵝

從這裡，我們清楚看到，永遠對人的獨特性和差異性充滿好奇、筆下也多是圓形人物的鐵伊有多麼不像個類型小說家；我們於是也就不難理解，何以站在類型小說家讀者至上的觀點，克麗絲蒂要譏諷她的小說「沉悶」「瑣碎」。

類似的指責嘲諷方式和用語其實一直是我們頗熟悉的，甚至上升到比鐵伊更了不起的作家及其作品頭上。包括《安娜卡列尼娜》「拖泥帶水囉哩囉嗦」，《追憶似水流年》「瑣碎不堪不知所云」，《罪與罰》「沉悶無聊看不下去」云云——一個讀者當然有權利做如此的主張（只要他不在乎暴露自己的能力和程度），但我們得說，上述我們所列舉的這三部小說，都是人類思維創作領域裡的偉大瑰寶，是毫不僥倖經歷了時間的錘鍊仍屹立如喜馬拉雅山的眞正高峰。姑且不論它們曾打開我們多少理解人性的新視野，純就閱讀當下的感受而言，它們也確確實實帶給一代代有洞察力、有感受力和鑑賞力的讀者驚心動魄的美好閱讀過程。

西方有句俏皮的諺語叫，「公鵝的好菜不等於母鵝的好菜。」沉悶或好看與否亦因著看書人想望、程度和感受力的不同，而可能有著天壤之別，不是一個容易爭吵的題目，但借助佛斯特有關扁形人物和圓形人物的區隔論述，我們可以得到一個較心平氣和分辨公鵝和母鵝的方法和閱讀基本策略，不必動輒拿一些名爲「瑣碎」「沉悶」「無聊」「難看」等等的磚塊互砸。

畢竟，文學的閱讀和欣賞不是數人頭的少數服從多數問題，而是各從其類，每個人奮力尋求並享受會讓他眞正內心悸動的好作品。

我是鐵伊這一派的，始終迷醉她對人性差異的強大好奇，以及精準中帶著優雅幽默的描述文字，更重要的是，她那種甚至會跑出火氣的強大現實感和正義感，國內一位讀書版面的女記者曾告訴我，「這個女人的社會意識可眞是強啊！」——你會期盼有多幾個這樣的作家，甚至社會上多幾個這樣的人。

至於她選擇了辨識不易、解讀不易、而且傳述不易的方式寫小說，從而把「全球總行銷逾五億冊」「推理小說女王」的世俗榮銜讓給和她一時瑜亮的阿嘉莎．克麗絲蒂，甘心站立在一個層次較高而掌聲不易到達的位置，我想，這是求仁得仁罷！

當你想看清楚時

我曾在Discovery頻道看過一支介紹「電子耳」的科學影片，印象最深的不是電子耳朵如何有效幫助了聽覺有障礙的不幸人們，而是這些使用者往往「不堪其擾」的把確有功效的電子耳朵給取下來不用——千萬別誤會是因爲他們已習於靜默安寧的世界不捨離去，而是電子耳朵有著難以克服的意外大麻煩，比起人耳，它太忠實了，它沒辦法選擇、過濾聲音，我們周遭環境有任何聲響，它會一樣不漏全傳達到我們腦中，遂造成一個眾聲喧嘩的極其嘈雜狀態，誰也受不了。

由此，我們了解人的耳朵實在是個非常了不起的裝置，它不待我們意識的直接控制，自動的先進行過濾與選擇，你當然可以怪它不全然忠實，但它讓我們能聽到我們「應該」聽到的聲音，更讓我們在這個嘈雜凌亂的世界中可以不發瘋好好活下去——懂得了人的耳朵對我們生命的這個恩賜，我們便可以進一步理解，爲什麼好的音樂有洗滌人心、淨化聽覺的功能，因爲通過我們耳朵這個自動裝置，讓我們得以集中聽力於此，從而排除開其實仍同時存在的其他不必聽的聲音，所以有人說，眞正的安寧絕不是純粹的無聲狀態（仔細想想那可能滿恐怖的），而是有「好」的聲音在，諸如海浪的聲音、流水的聲音、風吹過林梢或稻葉的聲音，及夏夜的蟲鳴，或不管春夏秋冬白天黑夜的情人甜蜜聲音云云。當然，生活在今天台北市且結過婚的人，可能沒這般幸福方便，但你可以考慮試試巴哈，效果應該一樣好。

聽而不聞，視而不見，那是因爲我們的聽覺視覺有尋求焦點的「習慣」——我們的耳朵有這樣的功能，我想，造物者應該不至於厚此薄彼，我們的眼睛大概也有類似的功能才是。

有關我們的眼睛有尋求焦點的習慣，我所聽過最簡單但也最一針見血的好話，係出自於台灣名導演侯孝賢口中——眾所周知，侯孝賢一直以遠鏡頭或應該說超級遠鏡頭聞名於世，曾有朋友刻薄的開玩笑說買票看他電影的人應該隨片獲贈望遠鏡一副。也因此，他電影中爲數不多的特寫就分外引人遐思了。有一回，一位外國影評人極其愼重的問他在什麼狀況下選擇特寫，侯孝賢一愣（顯然之前他並沒意識到這問題），想了一下回答，「當你想看清楚時。」

好答案。換老外影評人一愣，如是說。

來讀一段文字

由此，我們來看約瑟芬·鐵伊的小說，這裡我們引用的是《法蘭柴思事件》，至於這本《博來·法拉先生》就留給大家自己閱讀。

小說一開始，寫百無聊賴的律師羅勃·布萊爾坐在他辦公室裡，時爲下午四點鐘，但他已一成不變在等待整整一小時之後才會正式到來的眞正下班時間了——

他坐在那裡，在小鎮懶洋洋的春日午後，沒事忙的瞪著殘留最後一抹夕陽餘暉的桌子（那是一張他祖父自巴黎帶回來使家人蒙羞的桃心木鑲銅桌子），盤算著離開辦公室，打道回府。陽光將桌上的茶盤溫柔籠罩著，似乎提醒著人們，在這裡供應下午茶所使用的道具，不僅一成不變，而且幾乎已經成爲這有百年歷史的聯合事務所不成文的傳統。每天下午特芙小姐會在三點五十分整，準時捧著被白色方巾完全覆蓋著的瓷漆茶盤，裡頭端坐著個藍色花紋、盛有茶的瓷杯，旁邊小碟子則放有兩塊餅乾：星期一、三和五是法式小圓餅，二，四則是消化餅乾。

他百無聊賴的看著茶盤，想著它多少代表了這事務所的永續性……

然後，呆呆瞪視著茶盤的布萊爾律師先跌入了回憶，想自己的童年和當時業已存在、而且已經是眼前這副長相的事務所，以及其幾不可覺察的緩緩變化；再來，忽然一種「這眞是你要以之終老的生活方式嗎」的恐懼如天外涼風般鑽入他心底：最後，是他在沮喪心緒中耗完這一小時，正待下班回家時，那通來自法蘭柴思山莊、把他扯入這樁狂暴罪案並改變他生命的電話，不偏不倚響了起來，「羅勃後來常不自覺的想，如果那通電話晚一分鐘打來會是怎麼一番光景？一分鐘，平常是毫無用處的六十秒……那就會是黑索汀先生接起那通電話，告訴電話中的那名女子說他已經下班離開。然後那名女子就會掛斷去找別人。而接下去發生的事，他縱然有興趣，也只是在學術領域裡的探求研究罷了。」

有焦點的鐵伊

這並非鐵伊多特殊的演出，只是我們隨手翻閱引述的一段文字，絕非典型的古典推理小說描述方式。在乍然進入一個場景，尤其是封閉性的辦公室、房間或起居室中，不管是大師級如克麗絲蒂或范達因或昆恩，通常我們會看到的是一種全景式、無等差的細緻描繪，從桌椅、沙發、壁爐、壁爐架上的物品和擺設，餐具櫥子及其內容，乃至書籍、壁畫、地毯以及室中人物的身高體型長相和衣著云云。

這往往是作爲一個推理讀者最不耐煩、但也最不得已不得不一個字一個字閱讀的時刻（因爲過往被騙的經驗告訴你，這乏味的列舉描述中也許藏著一個你賴以解謎的關鍵線索）

——這種描繪方式完全沒有焦點，因此也沒有前後景深，它只有寫完這個寫下一個的敘述順序，就觀察主體而言，它是同一個第一眼印象，沒有時間和時間必然帶來的發酵作用藏在裡頭，像一張拍得很清晰但什麼味道也沒有、更遑論事物靈魂的平凡照片。

這正是著名的新馬克思文學理論家盧卡奇最痛恨的自然主義書寫方式，它什麼都描繪了，卻什麼也沒說出來，除了一長段一長段身不關己的煩膩文字。

鐵伊不同，鐵伊永遠眼睛有焦點，有她要、而且不怕我們清楚看見的東西。

張大春的發見

焦點，意味著時間。

怎麼說呢？有關這個，我們這裡來借用台灣小說名家張大春在魯迅一段簡單文字中的有趣發現，這個發現收在他《小說稗類》的論述文字之中。

張大春引用的是魯迅的〈秋夜〉一文，「在我的後園，可以看見牆外有兩株樹，一株是棗樹，還有一株也是棗樹。」張大春精采的指出，這段文字要是落入到改作文的國文老師手上，大約百分之百會被改成「在我的後園，可以看見牆外有兩株棗樹」。張大春於是問，被改成如此較簡潔的文字之後不好嗎？這樣會損失什麼？答案是喪失了人的眼睛緩緩搜尋到鎖定（焦點）的過程，成了一種當下的、平面的、無時間性的揭示而已。

駐留時間的渴望

有了時間，才可能容納變動和思維。時間是事物變動以及人的思維所賴以發生的必要場域。

沒有時間的介入其間，我們只能看到一種一翻兩瞪眼的揭示，一種單純的結論。而我們知道，小說作爲一種表達形式，它從來不是擅長下結論的，毋寧是勇敢面對事物的不完美及其永無休止的變異。這裡，即使舉世譽爲小說歷史上最偉大描繪巨匠的托爾斯泰，當他晚年在民粹宗教的召喚之下，意圖取消時間和時間所帶來的必然變動，以抓取完美不變的烏托邦時（所有烏托邦嚮往者和建造者，都試圖取消這個破壞完美、代表變動的「時間惡魔」，以確保那種不知有漢遑論魏晉的伊甸園世界），我們仍輕易看出他的失敗，比方說他鉅著《復活》書末那虛假的四大福音書救贖結論。

有關這個，宗教者是比較有經驗的，他們當然知道人可以、甚至有必要棄絕現實，去建構一個無時間性的完美天國，然而，只要現實世界仍然存在，線性的時間仍在持續，這裡便永遠有著一個思維的缺口存在，所以眞正的天國只有在塵世完全中止的末日才會顯現，這從當年聖奧古斯丁書寫《天主之城》時就在說這個。

這裡，我們問，難道小說不能仿用詩或繪畫，因信稱義，只單純抓取事物的當下一剎那，切斷時間，成爲永恆嗎？

當然可以，而且好像也該如此，但我個人的想法是，讓美好存留，讓時間遺忘，這是人身處於逝者如斯不舍晝夜時間處境中的亙久渴求，也是所有藝術創作者（當然包括小說書寫者）的想望。然而，如果我的體認沒錯的話，說「切斷時間」是不恰當的，它只是某種駐留，是暫時性的凍結，在這裡，時間只是被隱藏，變動只是被延遲，思維只是歇腳休憩，並沒有眞正被取消乃至於拋棄。事實上，我們可以把當下的美好無匹視爲只是時間之流的一個偶然的壯麗波峰，它來之不易，是緩緩通過時間的變化凝結出來的，和我們不期而遇；它也無法眞正存留，總會毀壞或單純只是消逝而去，不管是蒙娜麗莎那一抹恍惚的微笑，或聳立如夢的古巴比倫王國，也正因爲如此，才更讓我們驚異、珍愛和感慨係之——所以說，詩人眼中的世界是玫瑰，而不是金剛鑽。

或者，我們應該進一步的說，正因爲人對中止時間的這種渴求，使得小說中的時間意義不同於線性的、均勻的，不受個人干擾的外在現實時間。這個時間的扭曲起自於人的意識和渴望，以及因此所發生的思維介入其中，用愛因斯坦的話來說，書寫者的思維是個重力場，必然造成了空間的曲度和時間的變化一般。它會暫時停留在一株棗樹，一副辦公室桌上的古老茶盤，或人群叢中一閃而逝的一張美好令人悸動的臉孔，我們渴望它，我們發現它，我們注視著它，並且在它消失無蹤之後，仍將它印在心版之上，或書寫在岩壁上、泥版上、羊皮卷上，以及白紙黑字之上。

這是波特萊爾的十四行詩，題名爲〈給一位交臂而過的婦女〉：

大街在我們的周圍震耳欲聾的喧嚷。

走過一位穿重孝、顯出嚴峻哀愁，
瘦長且苗條的婦女，用一隻美麗的手，
搖搖的撩起她那飾著花邊的裙裳。

輕捷而高貴，露出宛如雕像的小腿。
從她那像孕育著風暴的鉛色天空，
一樣的眼中，我像狂妄者渾身顫動，
暢飲銷魂的歡樂和那迷人的優美。

電光一閃……隨後是黑夜！——用你的一瞥
突然使我如獲重生的消逝的麗人，
難道除了來世，就不能再見到你！

去了！遠了！太遲了！也許永遠不可能！
因爲今後的我們彼此都行蹤不明，
儘管你已經知道我曾經對你鍾情。

你想看什麼？

最後，我們倒過來問：那我們在小說創作過程中，該如何讓書寫保有一種人的眼睛、而不是無差別無景深的傻瓜照相機，在品類流行、眾聲喧嘩的萬事萬物中找到焦點，找到我們該看清楚的東西呢？

這可能不能從對象的屬性直接得到答案，比方說玫瑰花永遠優先於爛泥巴，名牌櫥窗永遠優先於街頭流浪漢（當然，也不一定反之必然），也可能不該只想爲一種捕捉技藝——侯孝賢說，當你想看清楚時，這個「你」是主體，「想」是起點，換句話說，在這雙眼睛的背後，不管出自於直接的意識或間接的無意識，都有一個思維起著近乎指引的作用，因之，拜倫看到夜鶯，波特萊爾看到巴黎街頭，高爾基看到被欺壓被蹂躪的舊俄農民礦工，昆德拉則看到人被歷史訕笑的荒謬處境云云。

這也正是約瑟芬．鐵伊一直和她古典推理的英國同儕間不重疊的部分，她一直在想事情，也一直有話要說，並擁有一雙急切找尋事物焦點的銳利眼睛，而不是個推理小說工匠。

凝視著一張臉

這大半輩子下來，不論公開或私下，我個人還算頗不遺餘力推薦人家看這本書那本書，但從不包括命理命相之書，只除了一本，是美國已故老太大星象學家古德曼女士所著的《星座・婚姻・愛情》——我的講法是，你完全可以不當它是星象算命之書，而把它看成由一個聰明、世故、笑話順口而出，對世事人情有著通達寬容之眼的老太太，以某種她自己幾十年生活過來所印證所相信的私密公式，將眼前的各色人等粗分爲起碼二十四種不同的類型（十二星座╳男女），是披上古老神祕外衣的合理觀察和歸納。

半開玩笑來說，光從分類多達二十四這個絕對數字來看，很顯然要比社會學家涂爾幹以降到派深思那種一刀兩斷式的二分法精緻多了，也有耐心多了。

截至目前為止，我個人一直不知道（但也不怎麼太好奇），星座之學是否眞的有一套先驗的完整體系，是否在最原初時通過某種神奇不可知的啓示一次建構完成。我個人願意相信，星座之學的眞正基礎只是很純粹的觀察和經驗，由幾千年來一代一代的實踐過程中所緩緩堆疊、修改、潤飾而成，這其實就是歸納法，沒太多神奇可言，神奇的是裝飾其上那些個美麗的星座名稱和符號，以及其所攜帶那些神祕幽邃、帶著宿命威嚇、如人仰望滿天星斗不免生出的心悸藐小之感，不信命運鬼神之說的人，大可把它看成是星座學的狡獪，為的是有效增加其說服威力，就像柏拉圖在他純粹理性的理想國裡，儘管驅逐掉所有的詩人和神話，但仍要保留其人種天生分為金、銀、銅三族的有用謊言一般。

儘管，這樣想好像有點無趣。

今天，起碼就台灣活著的人而言，大部分皆可稱之為星座的「不可知論實用主義者」，我們並不去細究它的體系根源，只在生活的現實瑣事和它打交道，我們不百分百信靠它並動輒遵循它的指令辦事，我們對它將信將疑，但我們的確也在複雜的人際交往中，不經意找到「暗與之合」之處，偶爾還眞的八月出生的男性有龜毛、好打電子計算機的傾向；十一月出生不管是男是女你頂好別惹，雖然他們外表看起來優雅自制而且好教養；或四月出生的人你就別找他賽跑，他總是火箭一般往前衝，但忘了帶走他用來思考的腦子——

星座不「科學」，但某種程度而言，我們會覺得它是「有效」的。

鐵伊小說的臉

這關乎約瑟芬・鐵伊什麼事？

在約瑟芬・鐵伊的小說中倒沒依賴星座之學，但她卻異常迷醉另一樣「不科學但有效」的看人角度，那就是她對人長相的迷醉和興味盎然。

基本上，書寫破案式的英式推理卻如此重視人的長相，當然違反這個類型寫作的基本戒律，但鐵伊不改其志。事實上，她寫的第一名著《時間的女兒》便起始於一張圖片，一張「血腥者」理查三世的肖像，書中，對人的長相有特異感受的葛蘭特探長覺得這不會是一張邪惡的臉，「它不是被告席的，而是法官席的」，這張臉不快樂，若有所思，但美好正直，像個孤獨受苦的聖者，它怎麼會屬於一個英國歷史上最喪心病狂的君王所有呢？

《法蘭柴思事件》裡，鐵伊則細膩描寫了那名宣稱遭到挾持凌辱的高中小女孩長相，尤其是她那對分得很開、有著嬰兒藍色澤的無邪眼睛。到得《萍小姐的主意》一書，鐵伊更是一發不可收拾，她通過受邀到女校演講的女心理學家露西・萍小姐，放手把一張張高校女孩的臉孔告訴我們，包括高大、湛藍眼珠、很自然流露著眞誠和俠義之氣的寶菈・耐許；包括長相接近完美、有著堅定嘴角、卻自制不像現代人的臉的茵恩斯；包括滿臉雀斑、北地嚴峻臉龐如推土機的魯絲等等。而在《博來・法拉先生》書中，鐵伊甚至還管到馬的長相和表情，她寫那匹神駿的黑馬提波，「高大俊美」但不曉得爲什麼總覺得有點虛嬌，而且眼睛還透出著「自負」。至於鐵伊的最後一部小說《歌唱的砂》，病假中（這回不是摔壞腿，而是幽閉恐懼症）的葛蘭特探長在步下火車時，瞥見一名死去的年輕男子，有著一對「輕率的眉毛」，遂令他在療養期間始終對這次死亡揮之不去。

這回，在我們這部《一張俊美的臉》書中，事情則起因於一張俊美無匹的美國人臉龐驀然出現在英格蘭鄉間，像石子丟入平靜的水中一樣，為原本安寧無事的鄉居世界帶來一波波的犯罪漣漪。

要提醒大家留意的是，這些長相和神情的描述絕非無關緊要的過場戲，相反的，每一個都是書中最重要的凝視焦點之一，帶給書中偵探和書外讀者極其關鍵但無可言喻的啓示和理解——只除了不是最終的有形證據。

李維史陀如是說

用長相和神情做判準可靠嗎？不會百分之百可靠，但在人生現實之中，這卻是人們極自然、甚至不經意自動會實踐的事，比諸星座之學更普遍也更隨時隨地——只除了因此上過當的人諄諄提醒我們，千萬別拿它當確鑿不移的眞理標準來看，它可能隱含了太多雜質：偶然、巧合、觀看者的失誤和被觀看者的有意造假云云。所以說以貌取人失之子羽，得小心戒愼使用，並頂好不要讓它上到理性論述的檯盤上，更不可當它是科學。

然而，從相反一面來說，若我們借用李維史陀在他《野蠻人的思維》書中有關科學和巫術的有名說法，我們大可不必大驚小怪，斥之為荒唐無稽，斥之為神祕迷信，斥之為反理性而掩耳不願聞，好像它是某種但凡有理智的現代人都不該存有的原始蒙昧念頭一般。

不，不是這樣。李維史陀說，這仍是人正常思維的一部分，它和我們源於歐洲的嚴格理性、科學思維有重合也有分歧之處，然而，所謂嚴格的理性、科學思維，其實是一種謹慎標示出界限的局部思維方式，它試圖把人類理性無法明確系統處理的混亂蕪雜部分擱置在外，沒有意思要完整涵蓋人類正常心智活動的全部（比方說死亡，人類理性所能處理的部分就很少，但我們仍得時時面對它）。因此，李維史陀寧可稱之為「平行」於我們的理性、科學思維的另一種有效的思維活動，而不是人類理性思維抬頭、科學根基確立之前的一種因陋就簡的替代物，露水般當文明的太陽從人類心中升起之際就瞬間蒸發無蹤。

李維史陀所謂的平行，意思是並行並存的意思，但其實這兩者在一開始有著共同的起源：論其方式，是一種素樸歸納法的應用，而其最根深柢固的一點，則是起自於人類尋求秩序的天性。我們總試圖在「無序所統治的紛亂世界」（李維史陀語）中找出某個定點，某種順序、關聯，或甚至嚴格的因果秩序，當人們在生活中察覺，甲現象極奇特的一次又一次跟著乙現象而來時，人們便很容易相信這兩個原本分別的現象之間一定存在著某種關係，甚至直接在其間搭建起先後因果的鐵鍊，就像「閃電」之後必有「雷聲」一樣。

人的長相神情亦然，我們從經驗中也同樣不經意或極慘痛的察覺，某種特定的長相神情，往往後頭會跟著忠厚、犧牲、殘暴、背叛云云，我們如人飲水，點滴在心頭。

歸納的陷阱

李維史陀認爲，這種素樸的歸納法不僅不違背因果律，相反的，它的問題反而在於它往往是太堅強、太性急的因果律信仰者，直接從極其有限數量的表象，快速的建立起不假思索的緊密關聯來。

比方說，某一個家庭後園子的一棵大樹，每次葉子落盡之時家中便有人死去，如此三次下來，一個素樸的歸納法使用者可能就此認定，這棵大樹的榮枯和人的生老病死存在著堅強不移的因果聯繫——今天，我們大多數的人當然知道，這極可能是偶然或巧合滲了進來造成的。

或者我們就用上述「閃電」和「雷聲」的例子好了。今天我們也知道，閃電並沒有孕育了或帶來了雷聲，這兩個現象其實是「同時」發生的，只是因爲觀察者的位置，而讓速度和距離有機會「欺騙」了我們而已。

在西方的思維歷史中，了不起的懷疑主義者休謨扮演了正面擊落「歸納法＝客觀科學」的人，但人們對歸納法缺憾的理解其實是長時期的，不因休謨而起，也不因休謨而完成。今天，在科學，尤其是物理學的世界中，歸納法並未被斷然棄置，它只是被更審慎更精緻的使用，大體上，包括控制偶然因素的滲透，用更大數量的取樣來消除特例，仔細檢查觀察者的位置和角度盲點，以及結合更多的現象發見以交叉分析等等。

其中我個人認爲最有意思的兩點是：一、現象與現象的關係掙脫了無彈性的因果鐵鍊，肯耐心保持著某種親和的、鬆弛的、不確定的複雜牽連，並接受這樣不充分的關係，不是假以時日的問題，而自有其價值和意義；二、科學思維不斷謙遜的「畫地自限」，相信我們眼前的世界複雜無序的程度，遠遠超過十八世紀前那些昂揚奮進科學心靈的想像，人生眾多的領域，仍得交還給哲學、倫理學、文學藝術乃至於宗教去發現、去判斷並處理。

拒絕確定

要讓較純粹的科學心靈相信，事物的關係並不只存在著明確的因果關係，可能需要個數百上千年，但對文學藝術創作者而言，這卻不會是難事，他們習慣於不確定，趣味盎然的注視不確定，甚至我們可以說，他們的工作只有在一個高度懸浮不確定的世界才成其可能——只有不確定，才能帶來想像和自由。

義大利的大導演費里尼便是個極好的例子，他以華麗自由的非凡想像力著稱於世，他也老實承認他歡迎星座、降靈會乃至一切神祕之學，但根本上，這是一種對無趣因果世界的掙脫，而不是要成爲巫師、星座學家或頑固的神祕主義者；這是找尋更多看世界的方式和角度，而不是把自己返祖成李維史陀口中那種性急不加思索的因果主義者。費里尼說，「我願意相信一切能激發想像、能提供更迷人世界觀、生活觀，或更適合我生活方式的一切東西。星座是一套很刺激的系統，也是一套詮釋事物意義爲何如此如此的有趣方法……對我來說，人並沒改變多少，我們仍和三、四千年前的人做相同的夢，對生活仍有相同的恐懼。我喜歡害怕的感覺，這種感官經驗隱藏著某種精細的快樂。任何令我害怕的事物永遠吸引著我。我認爲害怕是一種健康的感覺，是享受生命不可或缺的，人想擺脫害怕是既可笑又危險的，瘋子、漫畫中的超人、超級英雄才沒有恐懼……說實話，我反而對我所不知道的一切更覺心安，對不確定、半隱藏、幽暗的情況更自在些。我相信就因爲我是這樣子，所以一些不尋常、神奇，或者說得謙虛一點，一些奇怪的東西，會在我人生道路的某個轉彎處等著我。」

說得眞好不是嗎？

向風試探

我想，我再難找到更準確的語言來說明鐵伊偵探小說中的明顯「矛盾」——她在小說中所呈現的高度理性和對精緻事物的捕捉趣味（人的神情長相只是其一而已），正如我們相信人有尋求秩序、想找到安然立身之處的天性，但人同時也有掙脫有限秩序、保有想像和發現的自由渴望，鐵伊在某一部分違背了古典推理的戒令，但這其實是堅定相信人性的誠實抗拒，也是對文學創作的本質回歸。

她誠實的報酬是，她的小說遠比之前和同時期的推理作家更精緻、更人性、也更富饒，也爲後來陷入純理性迷宮的推理寫作帶來啓示。

一個以寫作爲職志的人，如果不信任生命本身莫名的驅動力，還能信任什麼呢？我總想像眞正的創作者像某種蔓藤類植物，它外表纖弱，但本能的緣牆緣樹而上，有多高爬多高，在力盡之處仍奮力將觸鬚伸入空中，迎風試探。

從信念開始

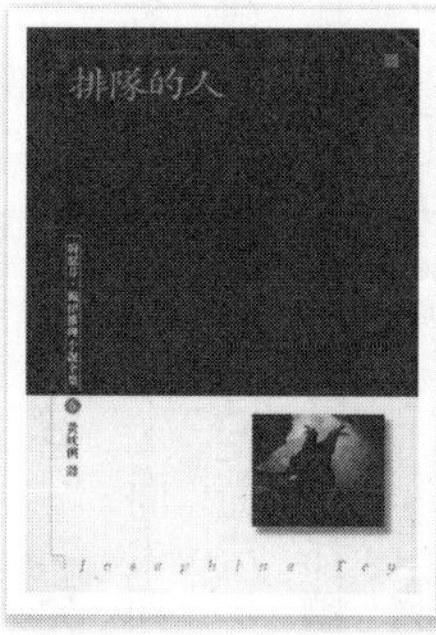

小說家朱天文喜歡紐約史卡德探案，這是半公開的事，報上有登，去年她的名著《荒人手記》譯成英文版，她應邀前往紐約，自個兒跑去尋訪史卡德的世界，凡登大廈、阿姆斯壯酒吧，以及史卡德多次踽踽於途的街頭人行道，有紐約在地的朋友告訴她卜洛克本人常駐的咖啡館，但身爲同業的朱天文自反而縮，了解寫作者私密空間的不好侵犯，謝絕了，回台灣之後，卻意外接到卜洛克的親筆簽名新書，顯然，這個世界仍存在著體貼好事的通風報訊之人。

然而，很少人曉得，朱天文也喜歡約瑟芬·鐵伊，《法蘭柴思事件》《萍小姐的主意》

云云，她曾說，看鐵伊的小說，感覺很新，如在當下——只是，看來她再不可能會哪天意外也接到鐵伊的親筆簽名之書了，因爲這位推理第二黃金期最特立獨行的女傑早已做古（一九五二），諸如此類的恐怖小說情節，應該不至於出現在我們朗朗乾坤的現實生活之中才是。

感覺很新，如在當下，這是什麼意思？我猜，朱天文是一種直觀的閱讀感受，指的大概是鐵伊所寫到那種可變動生活配備（如房屋、衣物甚或習慣用語的式樣）之上，某種今古變動不多的東西，像人的夢想、人的愛憎、人的脆弱與信念等等，如同生物學家告訴我們的，我們的生物結構和百萬年前的人類其實差異極其微小——而鐵伊所書寫的時間落點，距離我們此時此刻也不過才五十到七十年的時間而已不是？

然而，我們也會想到，就狹義的推理小說而言，我們看與她同期的克麗絲蒂或榭爾絲（事實上她們因爲活得較久，所以一部分作品還比鐵伊晚出），筆下世界的確仍是濃郁的維多利亞古老況味，而大西洋另一岸的同期美國，漢密特和錢德勒筆下仍是新城市才剛剛搭建，利益尚未分配完成，因此猶不脫野味十足西部時代動不動拔槍相向的基調，而小說中那些連今日美國人也都搞不懂的昔時幫派黑話，更讓我們今天閱讀時增加了不少歲月湮渺人事已非之感——從這個角度來看，鐵伊的確很特別，她小說中某些質感和精緻之處，不像推理，甚至會讓人想到我們熟悉的張愛玲和後來的張派書寫者。

但如果我們把鐵伊從推理小說拔出來，放入到正統小說的歷史時間表裡，可能又會得到不同的圖像出來——我們曉得，鐵伊書寫的年代，大約相當於二次世界大戰前後這二十年，就歐洲，尤其是一路領先發展的西歐來說，可以說小說已完全到達最成熟的高峰期，我們所熟知的偉大名字如托爾斯泰、巴爾扎克等十之八九已出現並甚至逝去，小說並開始傾斜向創作力逐步萎縮的近代了，如此，鐵伊的精緻和現代感似乎又顯得合情合理。

所以說，鐵伊在小說的國度之中身分之曖昧大概眞的如《伊索寓言》中的蝙蝠，身處在正統小說和類型小說的邊界之中——這裡，我們岔個話，不知道你有沒有也發現，「蝙蝠」這兩個中國的形聲字，其意符既不從鳥（如鯿鶝）也不從獸（如猵猵），倒奇特被歸類爲昆蟲，這倒爲這個讓早期人類分類困難的古怪生物，又多一個歸屬領域。

我在想，人對時間的主觀感受和丈量方式眞是滿奇怪的事，端看行業不同和不同行業所帶來的時間參考點而定。思考宇宙起源和遙遠星空之謎的天文學者用的可能是刻度最大的時間之尺，然後是地質學者、生物學者、人類學者、歷史學者……如此一路到屏著呼吸看每季每月瞬息萬變的流行現象觀察者。我個人生平第一次對時間之流在不同尺度下的心悸奇異感受，是三十年前猶在念小學時讀《人類的故事》，房龍以這麼一個不同時間丈量之尺的寓言，拉開他的歷史敘述：

在北方，有一個名叫史維茲喬德的高地，有一座岩石，高一百哩，寬一百哩，有一隻小鳥每隔一千年飛來磨一次牠的嘴。

當這座岩石逐漸被磨平時，永恆的歲月便過了一天。

一九二八年的英國

《排隊的人》，這是約瑟芬．鐵伊的生涯首部作品，完成於一九二九年，但書真正出版的時間卻是一九五三年，也就是鐵伊本人死後的第二年，這本書的如此特殊「遭遇」，引領我們想到另一件事，用另一種思維來讀這部小說。

一九二九年有何特別之處？不就是普世最狂暴經濟大崩潰的前夕嗎？這裡，我們要說的卻是之前一年，另一位更著名的英國女性作家維吉妮亞．吳爾芙，和她那本憤憤不平的女性意識名著《自己的房間》。

在這本留下了「女性要寫小說，得有一個屬於自己的房間，以及每年五百英鎊收入」名言的演講集中，吳爾芙一開始就憤怒的敘述自己在一九二八年的親身經歷——在劍橋大學的校園裡，她腳一踩上草坪，立刻引來校內警衛的制止，不因爲「草坪保養中禁止進入」，而是因爲她是女性；同樣的，她也不獲准進入劍橋有名的圖書館之中，仍因爲她是女性。

彼時的吳爾芙可不是才開筆寫書、籍籍無名的鐵伊，她已是一家出版社的主持人，已是當時英國最重要的小說家兼評論家，她的著作如《出航》《雅各的房間》《戴樂威夫人》《燈塔行》和《歐蘭朵》俱已出版——但她仍無法改變她是女性的事實，以及當時英國社會對女性的普遍看法和待遇。

這就是《排隊的人》孕育寫作時候的景況和處境，也許可以提供我們閱讀時的另一個思維縱深。

二〇〇〇年的日本

這裡，我也仿維吉妮亞．吳爾芙，貢獻自己的親身經歷——不同的是，時間是二〇〇〇年的今天，地點是我們的東鄰日本。

今年春節，我人在日本京都，正好逢上大阪的知事選舉，開票結果破天荒當選了一名日本民主史上第一位女知事，但麻煩笑嘻嘻來了：今年相撲大賽的春季場馬上要在大阪舉行，依例要由當地知事主持開場，然而，問題在於依相撲傳統，女性不可踏上比賽的土俵——回到台灣後，我看到了這件事的收場，女知事屈服，土俵繼續維持它的雄性驕傲傳統，而且妙的是，爭議過程相當平靜，他們只當這事是個麻煩必須解決，並未因此引發激烈的女性抗爭。

另外一件是，我個人因爲偶然的機緣，認得日本當前能樂的第一人，她——注意，是她——是前代能樂國寶野村保的女兒，一位身軀雖見福態但舉止美到極點的老太太，然而，依能樂傳統，她終其一生不能正式上台表演，滿身的絕藝只能用來傳授下一代弟子，偶爾在非正式的演出才上台。

平等之路

很奇怪不是？讓我們再回到英國，這個在人類歷史上領先進入經濟自由和政治民主的睿智老國家，不是老早給了我們洛克這個人嗎？洛克不是早在十八世紀就告訴我們人生而平等嗎？而且這個信念不是馬上被大西洋彼岸的美國獨立宣言白紙黑字寫上、且三個世紀以來早已取得世人普遍的同意嗎？

答案全部是「是的」，但那又怎麼樣？

我們先快速看一下歷史事實。馮內果曾控訴負責起草《獨立宣言》的傑佛遜本人蓄有黑奴，更遑論當時的統帥暨日後美利堅合眾國的首任總統華盛頓的大農莊主人身分，事實上，在《獨立宣言》的初稿版本中一度曾出現廢奴的字句，但基於當時獨立運動諸領導人的「現實狀況」而無聲無息被刪除掉，這個依據人生而平等信念所建造的美好國度，於是保留了一大批黑色皮膚的不平等人口，繼續在玉米田棉花田艱辛過日子，一直到十九世紀美國南北戰爭爆發並結束，到此階段，對黑人的平等權益，從建國的抽象信念進步為正式法律的保障，但事情完了沒有？當然沒有，我們再把這段歷史跳到二十世紀的六〇年代來，仍會怵目驚心看到各種種族隔離的不義事實，包括交通工具上黑人必須讓位白人或坐在後半段，包括餐廳不接待黑人，包括白人學校不接受黑人學生等等。

六〇年代，距今才三十年，從人的記憶來說，那不才是昨天的事嗎？那不是我個人都已生而爲人活在世界上且念了小學到國中的那段日子嗎？

今天，喜歡自我陶醉於人類多進步世界多美好的人，偶爾都該想想諸如此類的歷史事實，讓腦子清醒一下。

工作的開始

難怪有這麼多人要對天賦人權的說法嗤之以鼻，轉而相信，權利從來不是天上掉下來的，而是人奮力去爭取去捍衛來的；也難怪喬治·歐威爾要戲謔的說，是啦，人是生而平等，只是有些人總比其他人要平等一些。

這裡我們無意虛無，也無意犬儒，只是我們得意識到，人類的世界並非一塊平坦大地，一種普遍被承認的信念，甚或堅實可驗證的「眞理」，也無法簡單如中國人所相信的那樣，像風吹過平坦草原般俱都低頭接受，不，世界並不平坦畫一，現實有著強大不好拉動的惰性，人的無知、私欲或僅僅是不花腦筋的傳統習慣崎嶇起伏，在在形成背風的死角和縫隙，不信的人可去念一下卡爾·沙根的《魔鬼盤據的世界》，看看直到所謂二十世紀末的今天，還有多少人相信人是上帝創造的，而不是演化來的。

信念和價值當然是有力量的，尤其長時期來看更是如此，只是它不像一些樂觀的流行見解那麼威風，保證得勝，這裡，我個人比較相信的是康德的話：道德自由不是事實，而是假設，不是天賦，而是工作，是人給自己的一項最艱巨的工作，它是一項要求，一個道德命令——儘管，這樣的話比較不好吞嚥。

讓我們學著把信念和價值看成工作的開始，而不是勝利的完成。

旅程的終點

好笑到一種地步的當代旅遊作家比爾・布萊森是一個喜歡英國的美國人，他出生於廣闊乏味的愛荷華，卻跑到英國去居住，去工作，並且去結婚。他娶了個英國護士爲妻，並幾乎雙腳踩遍這個有著巨大歷史榮光但依他看仍只是個小島的王國。他說英國人有一種美國人所沒有的幽默特質，他稱之爲「挖苦」——包括他買火車票要求開立一張收據，賣票的老英把這兩樣丟給他冷冷的說：「車票免費，收據十八點五英鎊。」

如此說來就不意外了不是?約瑟芬・鐵伊當然不折不扣就是個這樣的英國人，也在在證明了她就是個這樣的英國人——在這本《一先令蠟燭》書中，她此類「收據十八點五英鎊」的流彈依舊俯拾可見，一如她其他作品。

比方說，當葛蘭特探長要求手下把犯罪的推論弄得更厚實一點時，他所得到的回答是：「事實往往都是薄弱不堪的，不是嗎？」

比方說，在談到一個過度溺愛不成材兒子的貧窮軟弱婦人時，一位中學教師說的是：「很和藹的女人，但是缺乏堅毅的性格，怯懦的人往往會很固執。」

比方說，當一位擅長扒糞的野心勃勃記者，被證實他的一篇煽情報導純屬虛構時，他悶悶不爽想的是：「你總得爲那些死氣沉沉的薪水階級提供情緒上的寄託，因爲他們不是太累，就是太笨，無法有自己的感受，如果你不能令他們血液凝結，至少也要讓他們痛快的哭個一兩場。」

比方說，在談到痛恨某個人時，書中的女明星跟她的服裝師說的是：「仇恨眞的很耗體力，妳說對不對？」

又比方說，當書中蘇格蘭場所鎖定的嫌犯跑掉之後，這時我們幾乎可以看到寫書的鐵伊自己眼睛登的亮了起來。她說，才不到二十四小時，幾乎全英格蘭和威爾斯的每個角落都有人見到該嫌犯，又過幾小時，就連蘇格蘭也傳來消息，有人看到他在約克夏釣魚，有人看到他在亞伯利斯維特看電影，有人說他在林肯郡租房間且沒付錢就跑了，有人說他在盧斯托夫搭船，有人說他死在潘瑞斯的一處沼澤，有人說他醉倒在倫敦的小巷子裡。他在海斯、葛蘭森、盧斯、湯布里吉、多徹斯特、阿許佛、盧頓、愛斯伯瑞、列賽斯特、恰特罕、東格林斯塔，還在倫敦四家店買了帽子，也在史旺和艾德加買安全別針，又到阿吉爾街快餐吧吃蟹肉三明治，到海華斯的喜斯飯店吃麵包和乾酪。他在每個想像得到的地方，偷過各種想像得到的東西……

尤其是最後這一長段，多年之後，我們可在名記號學者兼小說家安博托．艾可的名著《玫瑰的名字》書中，看到類似的缺德話語：在談到歐洲各教堂各修院皆各自號稱珍藏著耶穌基督的各種聖物時，書中的英國（你看，又是英國）修士威廉說：「如果傳說全然屬實，那我們的主顯然不是被釘在兩片木頭上，而是被釘在一整片樹林子裡。」

兩種旅遊策略

既然都提到比爾．布萊森了，我看我們的話題就從這個好旅行的大鬍子順流而下罷。

布萊森的旅遊方式及其哲學，有一點特別深獲我心，那就是他不喜歡租車開車，城鄉之間的聯絡，他寧可選擇最好是火車，其次是巴士，再用雙腳步行，密密實實的把其間塡滿，因此，他的行程總是一站一站的——這一站一站不是過夜休息的工具性目的，而是旅程的主體，以停逗、駐留、親近、凝視來完成。

因爲旅遊並不是你眞的一定要到哪裡去，而是你到那裡究竟想看到什麼想到什麼，甚至吃到什麼買到什麼，否則目的地不過就是另一個地名而已，你尋求的是自身的眞實感受，而不是只供拿來跟別人講「我去過哪裡哪裡」的空洞炫耀與征服。

像我一個也聲稱熱愛旅行的老朋友便不是如此布萊森式的，他的樂趣在於人生苦短，世界太大，因此得每回選不同的新地點，並盡其可能在一定時間內「走到」最多的新地點。爲此，他總在計畫一趟旅行時，把注意力高度集中在交通工具和旅店飯館上頭，頂好是能串成一條高效率的數學線。當然，他老兄也絕不放過每站必有的重要景點名勝建築（畢竟這也是「我到過哪裡哪裡」的標誌），但完全沒誇張，他總是專心一意直撲這些景點，若需要用到步行，他也可以頭也不抬一路埋首於手中的旅遊手冊或地圖之中，冷不防伸手憑空一指（頭仍不抬）：「這就是一五八三年歷史的×××……」

對於這種令我敬畏有加的旅行方式，我總是保有著高度的戒心，當他告訴你哪裡好玩哪裡有意思，我總是直接在心裡翻譯成「他是說他到過哪裡而我沒去過」；當他告訴你哪裡的哪家餐館哪一種食物好吃時，一樣是「他吃過什麼而我沒吃過」。

兩種截然不同的旅遊方式，我想，似乎也是兩種不同的小說書寫及閱讀方式。

如野馬．如塵埃

就常識來看，小說通常會認眞經營個好結尾，這是書寫者的有始有終，也是對閱讀者的禮貌——要不然作爲觀眾的我們怎麼知道何時該起身鼓掌或開汽水呢？

但結尾眞的沒那麼重要。這裡所說的沒那麼重要，意思當然不是說就可以草草了帳胡亂結束，而是說其他部分也一樣很重要——小說家馮內果喜歡引述一位美國大學校長的雋永話語，是這位校長在畢業典禮上對即將離校而去的畢業生致辭，大意是，「我以爲重要的話應該分四年講完，而不是等到最後一天才說。」

其實這是有正經理由的，因爲小說不是哲學科學，它從來不擅長對單一的命題思考，並給出簡潔漂亮的答案，不管這個命題多崇高多要緊，也不管書寫者的用心多高貴多無私。在小說的漫長歷史之中，不是沒有能人試過要如此馴服小說爲己所用，但下場通常不是太好，比方說喬治·歐威爾的《動物農莊》和《一九八四》，比方說寇特·馮內果《第五號屠宰場》而外的其他小說，比方說我們台灣的社會主義導師陳映眞，他們也許都是認眞、高貴且有想像力和才華的人，但他們窮盡畢生之力，就是馴服不了小說這匹野馬。

說小說是野馬一匹可能不是個太壞的比喻，比之哲學科學試圖在紛亂的現象中找尋簡潔、具延展解釋能力的秩序及其「原理」，小說毋寧是逆向行駛（米蘭·昆德拉說，小說總是告訴你「事情遠比你想像的要複雜」），它懸浮於不確定之中，把看似簡單尋常的事弄複雜，提出的問題永遠比回答的問題要多，弄亂的秩序也永遠比建構的秩序要多，這是小說反動的、顚覆的、流體的本質，它破壞著既成的確定知識，但它同時又是人類的知識最具試探能力及自由的強大斥候。

因此，要它乖乖指向一個單一命題並好好回答這個單一命題，的確是件爲難的事——我個人曾讀過一位文學批評者質疑格雷安·葛林的小說似有「控制過度」的問題，如此的批判意見對不對我們再說，但這樣的說法是內行人講的。

好長的謎語

然而，推理小說走的卻是我那位老友的旅遊路線，它原是高度控制之下的小說，把絕

大多數的力氣集中指向一個最終的結局，最終的解答。

我們不要說這是小說的墮落云云這麼刺激性這麼貴族意味的話，我個人寧可講，推理

小說的開端本來就只是個遊戲，相當純粹的智性遊戲，與其說是小說，不如說就是猜謎，

「半畝方方一塊田，一塊一塊賣銅錢」（打豆腐）：「半天一個碗，下雨下不滿」（打鳥巢）

——謎語，要認眞經營當然就是最後那一翻兩瞪眼的答案，理所當然。

只是，謎語通常很簡短，你能想像有謎面長達一、二十萬字的謎語嗎？那不是會煩死

猜謎的人？

是很煩，但遺憾的是，的確有這樣的長謎語存在，而且爲數還頗驚人，這就是我們今

天司空見慣的長篇推理小說。

這構成了推理小說極根本上的一個困難——差不多到得鐵伊所在的第二黃金期，長篇

推理勢所必然取代短篇成爲主流，原本比方說福爾摩斯探案那種愉悅的、即興的、帶著智

性戲謔的、甚至可在晚餐桌上即席引述來考考朋友讓他們吃不下飯的輕鬆趣味，逐漸消逝

了，代之而起的是沉重的、極耗體力和記憶力的大迷宮，閱讀推理，開始由當下的驚喜傾

斜向長時間的拚搏。

這是個太長的旅程了。

這麼長的旅程，你愈來愈需要、而且得向參加行程的人保證，旅程的終點有一個壯麗無比、怎麼辛苦流汗忍飢受苦都值得的奇景，比方說像《東方快車謀殺案》那樣，比方說像《童謠謀殺案》那樣。

但承諾往往不見得會兌現，就像台灣良莠不齊的旅行社品質一般——如果你是個夠久的推理閱讀者，參與過夠多次的此類行程，那你一定上過夠多的當，並也因此培養出某種近似直覺的判斷力，你往往在行程中途就油然心生不祥的預感：「完了完了，牛吹這麼大，屆時收拾得了才有鬼。」

這裡，獨獨，或謙遜點說，幾乎獨獨鐵伊轉向了布萊森式的旅程，她不允諾給你一個沒有人居、也不適人居、僅供讚歎的大冰原大峽谷大高山，她溫柔的帶你穿梭滿是人家的每一條曲徑巷弄，甚至讓你忘了，或至少不在意你們最終會到達哪裡。

日暮途窮．放聲大哭

旅程的終點是什麼呢？

曾經，在一個我們對地球尚稱陌生、人類散居如孤島的大旅行時代，那些「我要到達那裡」的人攜回了遠方的珍稀物品（儘管充滿著掠奪的罪惡），攜回了遠方的軼事訊息（儘管充滿了想像、誤謬和偏見），也攜回了他們自身充滿嚴酷試驗九死一生的驚奇故事（儘管僅供讚歎不及其他），但他們起碼有地方可去，起碼還能帶回上述充滿爭議之物回來。

然而，旅程儘管太長，地球卻顯得太小了，你當然可以給已有的終點賦與新的難度（比方說無氧或不同路徑不同季節攻珠穆朗瑪峰或南極極點），但就連原初那一點點人文的意義也不復存在了，當然，它可能仍比造一個幾千呎長的法國麵包成爲新的金氏紀錄好些——我們可能得承認，有些事物是開發殆盡了，有些時代是不會再回頭了。

我對那種個人英雄式的冒險犯難失去戰場殊少同情，但對於那些眞相信可以找到新啓示的人難免心生不忍。

李維史陀在反省自身的人類學志業，寫過這麼一段話：「我會不會是唯一的除了一把灰燼以外什麼也沒帶回來的人呢？我會不會是替逃避主義根本不可能這件事實做見證的唯一聲音呢？像神話中的印第安人那樣，我走到地球允許我走的最遠處，當我抵達大地的盡頭時，我詢問那裡的人，看見那裡的動物和其他東西，所得到的卻是同樣的失望：『他筆直站立著，痛苦的哭泣、祈禱、嚎叫，但還是聽不到什麼神祕的聲音。他睡覺的時候，也並沒有被帶往有各種神祕動物的廟堂裡去。他已完全明白確定：沒有任何人會賦與他任何力量、權力……』」

直到這一刻我抄寫這段文字的當下，仍會激動悲傷。

日暮途窮，放聲大哭，人類的諸多歷史好像一直在反覆著同樣的事。

最後一次的歌唱

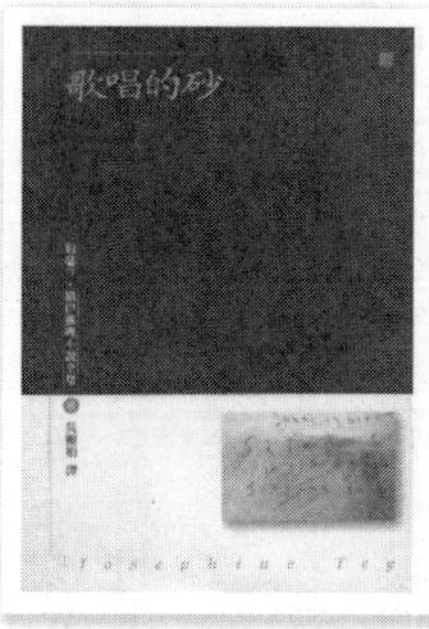

《歌唱的砂》是約瑟芬．鐵伊的最終一部小說，我們對她的閱讀至此也得告一段落了——「直到胖女士唱歌爲止」，一切皆符合這句西洋老俗語的講法，只除了沒有胖女士，而是古怪的會唱歌的砂，還有一點也不古怪的忠實葛蘭特探長身影。

這裡我們來回顧一下葛蘭特探長，我個人所鍾愛的人物，以爲告別。

相對於推理史的諸位大師都擁有一位或一位以上歷史級數的大神探，鐵伊這位蘇格蘭場的探長顯得相當謙卑。他沒有布朗神父的有趣神職身分，沒有角落老人的沒有名字不知來歷和手中打結不休的繩子，沒有福爾摩斯的毒品等諸多性格怪癖和自我一整套辦案哲學暨其方法，沒有白羅的雞蛋腦袋尖翹鬍子古怪造型和滿口充滿人性洞視力量的格言，沒有馬波姑媽鄉下老太太和悍厲罪惡世界撞擊起來的驚奇，沒有宋戴克博士的科學奇技和一整皮箱科技道具，沒有溫西爵士的悠哉貴族地位和嗜好，沒有昆恩的戀愛和辦案風情，沒有馬羅的貧窮和正義鐵拳，沒有費爾博士專搞密室的單食類動物專注，也沒有無名大陸探員和罪犯的無差別鐵石之心。

甚至和他氣息其實最相通的紐約馬修・史卡德，也比他多一個五光十色的犯罪大城為背景，圍擁著一大缸子五湖三江的奇才異能友人，就算生病，也是遠比他有戲劇和隱喻張力的酗酒致命問題，而不像葛蘭特只是平凡的跌壞腿（《時間的女兒》），或像《歌唱的砂》的幽閉恐懼。

在鐵伊一生為數八次的犯罪出擊中，他擔綱了五次半，《萍小姐的主意》時，他大概不大方便進入男生止步的女校，至於《法蘭柴思事件》他倒是有到場關切，但卻把辦案的大舞台讓給心熱未婚的小鎮律師，讓他贏得佳人歸。

葛蘭特是個太正常的人，正常的開心煩惱，理性和非理性同時發生的正常人感受和思維，還有一個再正常不過的警方身分，這樣的正常無比讓他透明起來，容易融入我們眼睛所見的正常世界和廣漠的人群之中，像一片正常樣子顏色的樹葉長在樹林子裡一般。

要說葛蘭特有什麼特異功能，我想，大概只有他對人長相的異常敏銳和記憶力，可是這也沒進一步被戲劇化風格化，只像個凡人都會有的什麼性格特點和癖好罷了。

這樣的平凡，讓他在宛如過江之鯽神探走伸展台輪番亮相討采的推理世界裡面，反倒顯得奇怪起來，像一個正常衣著的上班族忽然被拋擲到化妝舞會之中格格不入一般。然而，如果我們把小說的範疇放大開來，放大成一般性的小說（即所謂「正統」的小說），那葛蘭特的樣子便立即變得熟悉可辨識了，這樣的人物不僅常見，而且通常擔任小說的主述者角色（有時是「我」的第一人稱，有時是「他」的第三人稱，有時也會是全知觀點裡有名有姓的人物，這無妨），比方說，像托爾斯泰《戰爭與和平》的皮耶，或葛林《喜劇演員》的布朗，故事便是由他們看到、參與，並通過他們內心的折射帶給我們。

借用名小說家駱以軍對同行朱天心小說中此類人物的半開玩笑稱呼方式，叫「煽情的土型人物」。

風雨故人來

更年少時寫過短篇小說〈降生十二星座〉，奇技般把滿天古老星圖、不可逆料卻又彷彿無人可遁逃人生際遇和命運，以及現代台北市東區蜉蟻般情感貫穿起來的駱以軍，他所說的「土型人物」，顯然係借自於星座學的神祕用語——這熟悉的人可多了，黃道十二宮分組成風火水土四個子系，各自成象，其中火族的人燎原之火般衝動熱情把一切捲入，風族的人如天外來風一樣飄忽滑翔、有著遼遠但天真的古怪執念或說理想，至於水的子民則似水流年般漂流浮沉於情感的豐沛大河中，並在人生的雨季降臨時刻毫不抵抗泛溢而去。

土型人物的形象則是不起眼土壤層層疊成的堅實大地，基本上，大地遲重、固執、沉默，信任時間的長時段滴水穿石力量，因此，他的反應和改變總是緩慢到幾近不可察覺，或幾近讓人不耐煩。

土型的人物什麼時候會讓我們看得出情感來呢？甚或可以讓駱以軍大膽冠以「煽情」二字呢？我猜，最是在風雨飄搖的劇烈動盪日子裡。在一切都困厄都彷彿不再可信靠的特殊時刻，熱情的火已燃盡或被澆熄，飄忽的風更順勢遠颺不復得見，而水族則躲進一己的甲殼之中憂傷哭泣，那個在晴朗好日子裡幾乎隱形不見，或至少讓人覺得龜毛無趣的大地便顯現出一種動人的堅定力量來——這是一種風雨故人來的溫暖，煽情到會讓人當下眼睛一熱。

小說，基本上不是晴朗好日子的故事，就像黑格爾所說，好時候的歷史沒什麼好寫好看的，四海承平，人人安居樂業，這是幾百年一頁就可翻過的。小說總自找麻煩的尋求並置身於變動、矛盾、衝突的漩渦之中，不管其具體的可見形態是戰爭，是革命，或僅僅是情感，乃至於犯罪和謀殺，都讓我們處身在一種狂風暴雨的持續襲打拉扯之中，這時，不管作爲說故事的作者或聽故事的讀者，你都會需要並渴求一個不隨風起舞的清醒定點，一個可標示出移動中萬事萬物位置的冷靜座標——一個大地般牢靠的土型之人。

堅實，在風雨中成爲煽情。

領路人皮耶

我們借助《戰爭與和平》的皮耶來說。

《戰爭與和平》述說的是一場令人茫然的大戰爭，一個亙古沉睡乃至於吱吱嘎嘎已然腐朽的老社會老帝國，被猛力的扯動捲入，不僅有著砲彈橫飛的肉體生死狂暴，還包括藍白紅軍旗飄揚法蘭西大革命的顛覆性意識形態狂暴。讀小說的人一開始很容易被瘦削英挺、一身鮮亮軍服、而且內心也同樣煥發黃金般光純色澤的安德烈公爵所吸引。安德烈正直、聰明而且勇敢，相對來說，胖大、緩慢、光只是和善好脾氣的皮耶（托爾斯泰就連賦與皮耶的肉體形象都是土系的）則極不搶眼，甚至還像個小丑。

皮耶不僅在慷慨參戰一事上做不出明快的決定，便連心理上如何看待這場戰爭、自己和這場戰爭的相對位置如何，都始終遲疑不決，這幾乎令人不耐，但我們卻也不由自主的被他上窮碧落下黃泉的帶著走動，爲一個隱約不成形的遼闊問題，找尋某種模糊但冥冥中似乎存在著的答案。我們隨他走過還在說法語、吃黑海魚子醬、華舞笙歌不絕的上流貴族宴會，也被他領著走入戰爭山雨馬上要席捲過來的廣大舊俄農村土地。我們碰到親王貴婦、西歐化的自由頹廢知識分子、老式貴族新富商賈、大斯拉夫民粹主義者、四海一家共濟會員、熱情沮喪程度不等的老少軍人、神父、店家、一般平民以及農奴云云——肥胖且柔軟的皮耶像個大海綿體，或直接說就像大地，他幾乎什麼都吸納，但往往不立即做出反應和抉擇，善的惡的，高的低的，信念的懷疑的，污穢的潔淨的，進步的傳統的，連綴起一條漫長的觀看思省之路來，而不是直接只看到想到一場有形的戰爭而已。

小說史上，有毛姆等一海票人鄭重推崇《戰爭與和平》是人類世界最偉大的一部小說，這其實多虧了皮耶這個人，多虧了他的遲滯和若有所思，多虧了他的耐心和寬容，這一場歷史上確實存在、但無疑只是千千萬萬次人類殘酷殺戮形式其中之一的法俄戰爭，主要便是通過皮耶眼睛和內心的折射，才宛如花朵緩緩綻放開來一般，呈現出前所未有的豐饒生命來，而不僅僅只是一部由俄國人慷慨寫成、有關俄國人英勇抵抗拿破崙揮軍入侵的熱血沸騰聖戰之作。

大地之子留滯了時間，給與思考必要的迴身空間。

當然，《戰爭與和平》中皮耶的大高潮戲，是他決志和逃離戰亂的所有人逆向行駛，天眞的試圖隻身行刺拿破崙一幕。我猜，熟稔星座之學如指掌的駱以軍也許會說，這只是典型土系人物的滑稽凸槌演出，是他們長期遲滯壓抑下必然的周期性暴衝反應；或者，駱以軍也可能據此斷言，皮耶此人必定是上升星座受了某種干擾，或本來就隱藏著部分魯莽白羊座或秀斗射手座的性格，在人生的某個缺口忽然發作了出來而已。

而小說之中，愛跳舞和戀愛、應該就是水系女子的美麗娜塔莎，和我們一樣，一開始只覺得皮耶是個好脾氣的行徑可笑之人而已，然而，在戰爭的漫長等待和憂傷之中，她每回頭總會找到皮耶那種愈來愈寬廣、愈來愈具體可依賴的溫暖，如同光腳踩在大地之上的踏實舒服。娜塔莎這個角色很有趣，她彷彿和我們讀小說的人慢慢疊合起來，像我們一樣站在一旁，在皮耶逐步理解戰爭的混亂本質同時，她也逐步理解了並眞正觸摸到皮耶的動人本質——稍稍不同的只是，我們開始喜歡皮耶，她則選擇實踐一不做二不休嫁給了他。

犯罪不等於謀殺

至於同樣是我個人喜愛，葛林《喜劇演員》中那個父不詳、到海地首府太子港接收放蕩母親留給他的一家旅館、在一場左翼革命和當權者血腥鎮壓時刻仍忙著和德國大使老婆偷情、但最終仍不由自主被捲入、流亡到多明尼加成了個收屍的滑稽殯葬業者的土系之人布朗，就留給大家自己去看——但記得一定要看，只是原出版的時報出版公司已斷版，可能要花點心思找找。

這裡我們回到葛蘭特探長來。

我們常說，寫推理犯罪的鐵伊，其興趣遠遠不在「謀殺／破案」的設計鋪排和巧妙揭示而已，但同樣的話，任哪個聰明點想故作驚人語的推理小說家都可以如此自我洋洋宣稱，就像老相聲裡常講的：「反正吹牛這玩意兒又不用貼印花。」——不，這當然不是光說了就有，而是得在小說的具體呈現中見眞章。

誰都曉得，犯罪和謀殺不是等號兩端範疇一樣大的兩組東西，事實上，人生現實之中，眞正動到殺人這終極手段，只佔犯罪的一小部分（近年來台灣的比例相當程度高了起來），尤其如果我們把犯罪擴張到不待實踐、只停留在人性「惡意」的層次時，如同心理學者所關心、慈悲的宗教智者所勸戒的那樣，那謀殺的發生更如九牛一毛。這樣的分別是常識，那些苦惱於謀殺書寫殆盡的推理作家們，也都了解有這一大片未開墾的處女地在那邊，但麻煩在於，這不好寫啊，它不夠強烈、不夠戲劇性、像太荒蕪的土地般不符合「投入／產出」的合理投資報酬一般，現實問題。

這裡，我們實證性的來看看鐵伊幹了什麼好事。

在我們已經看到的七部鐵伊小說中，其中有兩部完全不存在死亡謀殺，佔到七分之二的比例；有一部死了人，但卻是出自於全然的意外，是「沒有任何惡意」的死亡；有一部確實有著殺人之念，但所動的手腳並不是非置人於死地不可的模糊殺機；另有一部則當下的現實世界沒任何人被謀殺，只是有個無事可做的住院病人意外想起來幾百年前的一樁冷血謀殺案可能不是正史講的那樣——這裡因為我們假設有人並未完整看過鐵伊的全部小說，因此很職業道德的不揭示書名。

換句話說，規規矩矩符合「謀殺／破案」格式的鐵伊小說，原則上只有兩部——比例之低，傾斜向人生眞相了。

事不關己的最後一案

不直接把寬闊無所不在的犯罪激化窄化爲謀殺的單一形式，也不只是搬過來某個心理學家的說法再以小說語言翻譯出來，就等於是犯罪心理描述，鐵伊這樣的小說書寫可比想像中要難多了，因爲這等於放棄了方便好用的推理小說框架，包括可依循的情節走向模式和好套用的角色人物模型。

你需要一個有耐心的新人，通過他有耐心的眼睛來重新看待犯罪，這個人就是葛蘭特探長。

葛蘭特被設定爲蘇格蘭場的探長，但我們看到，當犯罪找上他，不管是以具體的刑案形式或僅僅是一種隱晦的味道，他的興致並不全然是警察式的職責在身，或獵犬式的制約反應，葛蘭特的兩眼發亮有很大一部分很單純只是發現的樂趣。發現的實踐方式，不是雷厲風行的辦案行動，而是沉靜耐心的找尋；不是環環相扣的嚴密邏輯推理或甚至找出具法律效力的證據，而是包含著感受、理解和同情；最終，當眞相順利揭開，也不是一種唯我獨尊式的得意勝利，而是一種涉過長路的疲憊欣慰滿足之感——我最喜歡的鐵伊結局，是兩部不存在死亡小說其中之一的結局描述，葛蘭特悄然找上那位心存報復但並未殺人的女「凶手」，證實了自己的猜想，安慰了沒犯成大罪的嫌犯，再誠摯的致意作禮離去，非常的紳士，非常的溫暖解人，非常的葛蘭特。

然而，葛蘭特並非是個沒火氣的人，也不是個腦中只有個人疑問、沒有公共領域正義感的唯我主義者。不，不會的，如果是那樣，這個人就不會艱苦探入四百年前的事不關己謀殺案（他又不是個可因此得利的歷史學者），只因爲他不相信也不願冤屈那位死去的國王背負千古的冷血之名——葛蘭特就連這方面也是典型土系的，外冷內熱，像大地一樣，冷凝堅硬的地殼底下流動著熾熱的熔岩。

讀書學劍意不平，而《歌唱的砂》將是葛蘭特的最後一案，當然本來也一樣是事不關己，只因爲車廂裡死去的年輕被害人，有一對「輕率的眉毛」，讓病假中的葛蘭特始終揮之不去——他是誰？他爲什麼會到這裡來？他爲什麼會死去？

漢密特是眞正開創美國冷硬革命的那個人，我個人喜歡把他和海明威歸爲一組——利落明白的文字，令人驚異的書寫技藝，清清楚楚劃開兩百年來美國作家對英倫母國的瞻望依賴，是年輕美國的聲音。這種簡單明朗是有力量的，從來是革命者的必要特質。

然而，太鋒利的刀往往也就少了沉鬱厚實的鈍力，這使得同期但稍後的錢德勒和福克納有機會超越他們，更具人文底蘊和物換星移之後的迴盪力量。

漢密特的經典名著《馬爾他之鷹》，不管人喜不喜歡，已然經是讀小說人不可以錯過的世紀之書，然而《玻璃鑰匙》其實一點不輸它，同樣體現著漢密特當年撼動世界的大力量。

Nice to Meet You! 馬爾他之鷹

看到《馬爾他之鷹》終於出版，作爲一個偵探小說迷，此刻難免感慨係之。

詳細時間已經算不出來了，但好好歹歹也有個十五二十年了——我指的是，從我個人知道世界上有這麼一本小說到我終於有機會眞讀到這本小說的落差時間，這當然是人壽幾何中一次漫長的等待。在等待的時間中，你可能換過好幾個工作，談過好幾次戀愛，生過好幾個小孩，甚至連結婚都夠時間結好幾次了，你所熟悉的生活和社會，也有充裕的時間翻過好幾番，甚至整個世界一變再變三變得形容難識，就像眼前的台灣和台北市一般，但只有這本書名充滿逗人意味的小說仍躲在燈火闌珊之處。

如是我聞

這十五、二十年期間，我讀到的是：

這顯然是一部極其重要的偵探小說。因爲它的名字總是和福爾摩斯探案、愛倫坡的杜賓探案等最頂級的經典名著聯袂出現；而且，在各家所選歷史上最佳偵探小說的不同書單，我總是輕易在前五名內就能找到它。

這顯然還是偵探小說史上的里程碑之作。因爲我不只一次讀到，它直接代表偵探小說史上最重要的一次革命「美國革命」，打開了偵探小說的新視野和新的生長沃土。

而且顯然不僅僅被當成偵探類型小說看待而已。因爲我也不斷在美國正統文學的敘述、評論和歷史著作中碰到它，包括它是破天荒第一部被選入當時Modern Library系列的偵探小說，事實上，這個只選經典鉅著的嚴苛叢書還如此用力推介《馬爾他之鷹》：「勝過海明威的任何著作」，是「美國有史以來最好的偵探小說」。

它在短短十年時間內被三次拍成電影，而且我曉得，之所以停在一九四一年的第三次，是因爲沒人敢再拍下去，第三回執導的是大師約翰．休士頓，他用了亨佛萊．鮑嘉扮演書中的冷酷偵探史貝德，瑪莉．亞絲陀扮演上門來的神祕女子布麗姬，讓這部影片成爲偵探小說史上無可撼動的第一名片（美國偵探作家協會的總評語是：more than doubled any other，意思是勝過其他任何一部兩倍以上，包括排行第二和第三的兩部奧斯卡名片《唐人街》和《沉默的羔羊》），遂成爲影史絕響。

事實上，我更是老早從這些層出不窮的大量破碎資訊中，自己拼湊出整部小說來。我曉得故事發生在舊金山，書中角色的各自姓名、個性和遭遇，情節的起伏以及最終的結局，我甚至記得好幾句銳利且講起來帥得很的對白，因此，有幾回和朋友談到這部小說，極少人懷疑過我根本就沒讀過。

今天回想起來，這眞是一段也漫長也令人啞然失笑的古怪過程，我覺得自己很像踏入某種偵探小說迷宮走不出來的人，走著走著，總一再又回到標示著「馬爾他之鷹」這面大牆，太多次了，也太熟悉了，最後等眞有機會找原文書來看時（開始可以出國且英文能力勉強可湊合），我反而覺得無所謂了。

用卡爾維諾在《如果在冬夜，一個旅人》書裡的話來講是，《馬爾他之鷹》已從「搜尋多年一直沒找到的書」，轉化成「人人都讀過（西方的偵探小說迷），所以你也以爲自己讀過了的書」。

幹過私探的私探大師

偵探小說歷史上，好像只要一提到達許．漢密特，就必然會跟著雷蒙．錢德勒，反之亦然，像連體人一般，然而，這兩位差不多同時代、同爲美國革命奠基者、同樣超越類型小說的文學大師，其實仍大有分別，各具獨特的強力風格。

我們都曉得，美國革命標識「寫實」以反抗傳統的古典推理，如果寫實眞是最高判準的話（當然它不是），那漢密特必定是偵探小說中不可逾越的最高峰——我指的不僅是他的小說風格，還包括他生命的經歷所帶來的寫作「資格」。

尤其是作爲寫作資格的生活經歷這一面，漢密特可說是偵探小說史上最特別的一位——我們看錢德勒的生平，至少他還受過相當完整的教育，成年後由英返美，他的工作從記者到石油公司主管，就算不那麼「文人」，起碼也還是個「正常」的中產階級小知識分子；相形之下，漢密特才眞的是社會底層冒出來的，他十三歲就離開學校，做過一堆卑微的工作，而且像典型這類生活的人一樣，每種工作都做不長。

漢密特一長串資歷中最有趣的是，他曾眞槍實彈的在當時全美最大的平克頓私家偵探社擔任過好幾年的探員，這個奇特且前不見古人（之前的偵探小說作家）的工作經驗，無疑是他筆下冷酷偵探的雛胚。我們知道，現實世界的私家偵探社，和古典推理小說中受人景仰的業餘偵探完完全全是兩碼子事。私家偵探社受委託的案子，通常是正常執法機構不願、無法或不允許措手，才會轉到這裡來，因此，遊走法律邊緣的曖昧性格是他們的宿命，與其說他們是罪案的狩獵者，更多時候他們根本直接是罪案的參與者。

半世紀前的平克頓偵探社，和我們今天常識裡的私家偵探社不會有什麼兩樣，除了更不受管轄更無以節制。

如此曾經滄海難爲水的漢密特，當然不太可能回頭寫宛如雲上人的古典貴族神探，事實上，他筆下偵探的「偵探／罪犯」複合性，就質地的眞實和程度的徹底，便連後來的冷硬派追隨者也不可企及——以錢德勒爲例，他對殘酷大街的種種罪惡，是近距離的逼視，但仍是「旁觀者」的角度，他筆下的菲力普・馬羅雖然被生冷的現實變了形，但仍是遊俠、騎士和英雄，是「外來者」，爲一己的信念而戰鬥，因此，錢德勒的小說在寫實的基礎上有種浪漫化的昇華；漢密特不一樣，他是整個人置身於殘酷大街之中，他筆下的偵探不管是前期的大陸偵探社探員（The Continental Op）或《馬爾他之鷹》裡的山姆・史貝德，比較接近爲生存而戰鬥，想活下去就得奮力殺出一條血路來，其間沒僥倖亦無慈悲可言，用朱利安・西蒙斯的話來說是，「只有掏槍快的人才活得下來。」這裡沒有浪漫，只有一種現實的悍厲鋒芒。

所以，有人用兩句簡單的話來清楚分辨錢德勒和漢密特：前者是罪惡世界的浪漫詩人，後者是殘酷大街的寫實巨匠。

鋼索上的舞者

然而，寫實確也有其陷阱，尤其是一種直觀的、素人型的寫實，豐沛的眞實經驗是寫作的可貴資源，但也會是某種限制，拉扯住寫作者的深入思索和靈活想像，更往往呈現出強勁素材和拙劣處理技藝的不均衡——然而，這不是漢密特，他的小說技藝和說故事能力可厲害得很。

《馬爾他之鷹》是個絕佳的例子，小說一開始，史貝德的私家偵探社來了一名美麗神祕的女子，這件案子交由史貝德的合夥人負責，由他陪同該女子去見一名危險的男子。小說跳到當天半夜，史貝德被警方的電話吵醒，告知他的合夥人遭害，他認屍後回家仍倒頭呼呼大睡；接著跳第二天早晨辦公室，合夥人遺孀哭哭啼啼上門，抱住史貝德第一句話居然是，是不是你殺了我丈夫，爲的是跟我結婚？史貝德打發她回家，交代和他一樣有肉體關係的女祕書，想辦法別讓這個女人再上門，並立刻拿下招牌上已死的合夥人姓名；接著是當天晚上警察來，旁敲側擊詢問了半天他昨晚的行蹤，史貝德馬上恍然大悟，原來被警方懷疑是凶手的危險男子緊接著在下半夜斃命，警察猜想是史貝德動的手好替合夥人報仇——這是典型漢密特的漂亮手法，在短短不到十六頁的文字，兩樁相互牽扯的謀殺案，兩名毫不勉強的被害人，遺孀和警方分別以完全牴觸卻各自合情合理的理由，皆懷疑他殺了人（不同的人），而在此同時，我們也立刻清晰掌握了史貝德冷酷毫不在意的性格，以及他複雜曖昧的人際關係。乾淨、明快且面面俱到層次分明，這怎麼像個缺乏訓練、半路出家的素人寫作者呢？

漢密特利落明快的敘事手法，一部分來自於他自學而能的小說技藝，另一部分，我猜，是來自他殘酷不仁到近乎虛無的看待世界的方式。

因爲偵探小說分類概念下的私家偵探，史貝德和馬羅顯然冷法不同，硬法也不同：馬羅是標準外冷內熱、外硬內柔的人，雖然外表一副看什麼都不順眼、難聽的話說盡的鬼樣子，但他信守的仍源自於人類美好的普遍性價值（他恨的只是這些價值不彰、誤用和成爲某種胭脂水粉式的化妝品），而他假公濟私拚命從事的正是，用國內推理傳教士詹宏志的話：「在他的拳頭所及的範圍，讓正義彰顯。」這顯然是個極沉重的志業，因此，馬羅總顯得遲疑、哀傷且時時若有所思；史貝德則眞正是由裡冷硬到外的人，他沒這麼多牽牽絆絆，下達任何決心，絕不允許被情感所阻擾，他當然也有一套高傲的行事哲學，但簡單且純屬個人。

冷硬私探通常被形塑成一咬住案子就不鬆口的執拗人物，但支撐史貝德的，不是最終的正義召喚，而是自我設定的某種工作紀律，《馬爾他之鷹》裡，漢密特透過史貝德親口講了一段話：「一個人的合夥人被殺，你便非得把凶手逮出來不可，儘管這個合夥人是邁爾斯・亞傑這樣的蠢蛋。」

然而，我們幾乎可斷言，光是抽象的紀律不足以完全支撐史貝德的鍥而不捨，他是個極端現實的人，一定有更多實質的理由。所以，史貝德自己也老實承認，殺合夥人的凶手不逮住，會對偵探社帶來不良影響，造成生意損失；而我們也從小說中看到，史貝德當然也同時冀望從中攫取最大的實質（金錢）利益；此外，由於一連串的謀殺已驚動了警方，你至少得交出一名凶手（不管這名凶手是不是眞犯下所有的罪行），警方才會滿意，善罷干休——史貝德的面面俱到，全著眼於現實，他不是絞盡腦汁在各種內在價值的衝突中尋求妥協，毋寧是運用他不帶感情的精明幹練，試圖在各方勢力的傾軋中找出縫隙，做到不留後患，以安心享有最大的實質利益。

這正是漢密特最喜歡設定的狀態：一個精明的個人在各方罪惡勢力環抱中如何生存並牟利；這也是漢密特小說最精采的地方之一，這個人得想辦法找出矛盾並利用這些矛盾，通過驚險但準確無比的語言和實際行動，一一加以擺平，像一名高空鋼索上舞姿曼妙的舞者。

往後，我們在漢密特的其他小說中還可不斷看到如此的表演。

價値連城的黑鳥

最後，讓我們再回到《馬爾他之鷹》的等待和出版問題來。

我還多想起一件在讀小說前就知道的有關《馬爾他之鷹》的事：馬爾他之鷹，同時是美國冷硬私探小說奉它之名的最重要獎項，比方說我們熟悉的現役冷硬派大師勞倫斯・卜洛克，便曾兩次奪得此獎，雖然這個獎的地位還是不及行之久遠的「愛倫坡獎」，但依我的想像，它的獎座造型一定比較好看，像書中那隻價値連城的黑色鳥兒。

歡迎飛到台灣來，馬爾他之鷹，如今，就像卡爾維諾所說的，這部經典鉅著，應該進入到「你一直假裝讀過、現在該實際坐下來好好讀的書」的階段了。

那時沒有王・各人任意而行

紅色收穫，Red Harvest，是什麼意思？是聖經中所說的，凡流汗耕耘者必歡呼收割。唯一的差別只在於種子不一樣，紅是血的顏色，小說中這位來自大陸偵探社的無名農夫比較狠一點，他流汗耕耘所播下的是血紅色的殺戮種子，因此，在成熟季節裡歡呼收割的纍纍果實是人命，一堆惡人的性命。

當然，這個Red同時亦暗示當時在歐陸已甚囂塵上達半世紀之久、讓大西洋彼岸的美國人亦逐步敏感起來的共產主義——只是，對今天的讀者來講，事已過境已遷，不去附麗如此隱晦失時的象徵意義，基本上並不會影響到小說的閱讀。

在這本《紅色收穫》之前，達許．漢密特已寫過一堆以該名大陸偵探社探員爲第一人稱敘述者的短篇小說，這是漢密特生平第一部長篇，出版於一九二九年。

惡人之城

一九二九年（或稍前，小說中並未清楚告知我們哪一年）是什麼個時代？

這位無名的大陸探員告訴我們，他甫下車所看到這個陌生的礦業城市：這當然不可能是個美麗的城市，人口四萬，泰半不是礦工就是槍手混混，兩邊環抱的山被挖得千瘡百孔，煙囪永遠排放黃煙，天空不管晴雨陰霾一片，空氣不只有味道而且一定有毒。他一路行來所看到的三個警察，第一個得刮刮鬍子了，第二個好幾顆制服釦子敞著，第三個在指揮交通，卻叼了根大雪茄——

然後，他來到委託人唐納．威爾森家中等著，威爾森是本地唯一一家報社《先鋒報》的負責人（極可能也是全書中有名有姓人物中唯一不是歹角的人），大陸探員沒等到聘他的人，因爲威爾森才在他一路而來這節骨眼上，挨冷槍死掉了。

通過這樁命案，大陸探員對這個城市有了進一步的了解：唐納的老子老伊利胡原是此城的統治者，舉凡礦業公司、報社到銀行全是他的，後來發生罷工，老伊利胡雇來槍手敉平這場勞資糾紛，這場仗他打贏了，但他也失去了這個城市的統治權——這些槍手決定長駐下來，享受這個城市，他們分成幾股勢力，包括賣私酒的比特、放高利貸的劉．亞德、開賭場的「沙喉嚨」邁斯·柴勒，以及帶槍的合法流氓努南，他的身分是當地的警察頭子。

這是什麼個城市？什麼樣的時代？看起來很像聖經舊約中每隔幾頁就會出現那些行惡的城市，或如〈士師記〉結尾所說的：「那時以色列中沒有王，各人任意而行。」這些城市的下場，或者被天降洪水所淹滅，或被天火雷電所擊殺，或被耶和華交到某個外族手中所統治凌虐，或有時候耶和華心情好些，也會興起某名先知或英雄來好好加以規正。

這回派來的，則是一名帶槍不眨眼的復仇天使。

小說開始於經歷的結束

跟舊約時代的城市一樣？所以說漢密特的描述只是想像或只是隱喻嗎？我想不是，理由不只因爲漢密特是出了名的罪惡世界寫實巨匠，更因爲根據文獻資料，《紅色收穫》有相當大一部分恰恰好是他的親身經歷。

漢密特曾親口告訴他女兒，在他任職平克頓偵探社（書中大陸偵探社的原身）時，曾奉派到蒙大拿州的安納康達城（書中這個波森維爾城的原身）去，任務是在當時勞資糾紛已是公開對陣的情況下，滲透到工會中破壞罷工。漢密特說，稍後安納康達銅礦公司曾出資五千美元，要他暗殺工會領導人法蘭克·李透，漢密特拒絕了，只是李透並沒因此逃過「不明不白」被殺的命運——所謂的不明不白，其實意思是擺明了由當地的警方人員幹的。

這場勞資戰爭最終以十五名工會代表被槍殺落幕，負責動手的倒不是平克頓探員，而是礦業公司另外引進的幫派殺手，工人被迫回到礦坑，表面上看來資方的礦業公司大勝，但新的衝突立刻登場，只是這回換成礦業公司和這些幫派分子擔綱主演罷了——漢密特此事的經歷終止於此，《紅色收穫》這部小說也正好由此開始。

紅色收穫之謎

在這樣一個可以明晃晃行惡的城市中，凶手是誰一點也不難知道，因爲殺人那方本來就沒打算太掩飾；也不必傷腦筋找罪證以供審訊定罪之用，因爲警察並不代表法律，他們只是另一個角頭罷了。《紅色收穫》裡有一場警察大肆出擊圍剿幫派分子的戲，漢密特準確的寫出，這不是搜捕，而是火併，更有趣的是，這場血腥大戲草草收場，原因是負責圍堵後門的警察收了錢，像球場大門收票員一般，讓被圍的幫派分子魚貫而出，連人帶槍搭車離去。

漢密特自己曾把《紅色收穫》定義成「行動派偵探小說」，大陸探員需要動用到腦袋的部分，屬於「機智」，好利用各股勢力必然存在的矛盾和利益衝突，造成自相殘殺，而不屬於「推理」，因爲這裡只有一些公開的祕密，並沒有什麼隱藏的東西待發掘，這裡頭並沒有謎。

我個人以爲，《紅色收穫》中唯一的謎是，該名大陸探員爲什麼決定蹚這場渾水？留下來幹什麼？

若非如此，這部小說早在第一章進行到一半就該宣告結束：委託人已死，大陸探員大可掉頭原車回舊金山結案，如此，《紅色收穫》將成爲一篇批判性的遊記散文，題名大約是〈記敘一個礦業城市的殘破風情〉之類的。

留下來扮演一個「總要有人負責數屍體」（Somebody's got to stay here to count the body.）的披狼皮正義使者，這當然是風險奇高而且不划算的決定，看起來也並不符合漢密特的現實主義。在漢密特另一部名著《馬爾他之鷹》中，山姆・史貝德爲自己不容情非破案到底不可的做法，提出了清楚理由，包括私探自身的內在戒律（合夥人被殺就非得破案不可）、實質利益（私探社生意受影響，以及這座價值連城的馬爾他之鷹的可能利益）和消弭麻煩（找出一個凶手好打發警方），這些條件在大陸探員的決定中一樣都看不到，事實上，他甚至還得違反一部分偵探社的規定便宜行事，並小心翼翼瞞著來助拳的社內同僚，以防他們回報遠在舊金山的頭子，把他調回去而功敗垂成。

知道漢密特的親身經歷，我們可能得到一種相當合理的猜測：這是漢密特的義憤使然。當然，他奉命加入的是資方的安納康達銅礦公司，但可能也因此看到更多公司和其幫派分子的黑暗不義，小說是他現實任務結束後的延伸，是他個人的正義實踐方式，他不僅讓這群騎在礦工和一般人民頭上的罪惡勢力打成一片，還把自己幻化成這名沉默的外來探員，最終一一收割他記憶中這些壞蛋的腦袋——《紅色收穫》不是一部勞資大戰的小說，書中的工會頭子比爾・昆特從頭到尾只是個無色無臭的人。

但我個人以爲，外表冷酷近乎虛無的漢密特小說，其實一直有著「道德劇」的成分。我指的不光是眼前這本《紅色收穫》而已，同樣包括《馬爾他之鷹》和其他漢密特的小說，像山姆．史貝德的振振其詞，可能只是源於「不方便」，要他們這樣耍帥耍酷的硬漢老實承認自己是爲著某種信念或價值而戰，其肉麻的程度大概不亞於哈巴狗般跟在女生身後說「我愛你」。

不同的氣候條件、不同的土壤，本來就會滋長出不一樣的植物來，同樣的，在漢密特所經歷並再現的子彈橫飛、血肉模糊的世界，我們若堅持沿用較溫良恭儉讓、「把右臉頰也讓他打」的方式來詮釋道德，可能只是某種奢望不是嗎？漢密特筆下的人物，被教導並嚴格遵奉（不遵奉可能只有死路一條）的是一種以暴制暴、以血還血的悍厲道德，這我們可從早期的漢摩拉比法典和聖經舊約之中找到出處——在一個返祖性的世界，適用返祖性的道德戒律。

這裡沒有愉悅，沒有出神凝思，連笑話都生冷如齒縫中迸射出來，他嘲笑海明威的傻氣魯莽，嘲笑福克納的沉鬱糾纏，也嘲笑錢德勒的憂傷多感——漢密特的小說像荊棘一樣，在乾旱的氣候和沙礫貧瘠的土地上長得極好，它會刺痛你割傷你，讓你不快，但你不能不看到那樣桀驁不馴的勃勃生命力。

心理學的詛咒

眾所周知，十三歲就離開學校進入「社會大學」的達許・漢密特完全是自學出身，他於一九二一年搬家至舊金山，並和他住院時結識的護士約瑟芬・朵蘭結婚，朵蘭是老天主教徒，漢密特自己則當然沒宗教信仰——這是一對年輕可憐的貧賤夫妻，還雪上加霜的立刻有了小孩。彼時的漢密特尚未寫小說，且帶著後來跟他一輩子的肺結核，體重更一度掉到一百三十二磅，沒人需要知道他是誰，舊金山市更不會曉得，這個瘦條條的年輕窮鬼日後會讓本市成爲偵探小說地圖上的不朽地標。

當然，舊金山市對於孕育這位冷硬私探小說的天才絕非全無貢獻——儘管完全是無意中貢獻出來的。我指的不是漢密特任職、日後直接取材的平克頓偵探社，而是這小兩口租賃的房子附近的舊金山市圖書館。漢密特一得空（彼時他空得很）便泡在這裡，讀報、讀雜誌、讀一大堆書，書的幅員極廣，從流行小說、偵探小說到經典小說，從人物傳記到歷史等無所不看。其中，影響漢密特最大的，據他成名之後自己回憶（不只一次），是亨利・詹姆斯，漢密特還洋洋得意的說，很多朋友被他對亨利・詹姆斯的熟悉程度給嚇一跳。

亨利・詹姆斯是誰？這是跨越十九世紀後半到二十世紀初的美國小說祭酒，寫實主義大師——我好奇的是，漢密特有沒有愛屋及烏的連亨利・詹姆斯哥哥的著作也讀，亨利・詹姆斯的哥哥威廉・詹姆斯的名氣和影響力一點也不遜於乃弟，但他不寫小說，是搞心理學的，他是美國實用主義的宗師，杜威哲學的源頭，長達半世紀美國社會思想的代表人。

我的好奇來自於眼下這本小說——《丹恩咒詛》，這是漢密特一九二九年和《紅色收穫》同年出版的小說，也同是那位中年的大陸無名探員所負責的探案，只是在《丹恩咒詛》中，大陸探員沒再被派去另一個魚肉鄉里的野蠻城市，而是闖入中上流階層的家族連串謀殺案之中，因此，雖然全書總計的死亡人數不下於血流成河的《紅色收穫》，卻少了外在暴力，多了內在心理，漢密特自己大概都不太習慣筆鋒如此轉而向內，他自己說，這是一本神經兮兮的小說。

心理學速食

小說牽扯到心理學，甚至直接使用心理學者的發見和理論。這極常見——正統小說如此，偵探類型小說更如此，畢竟，偵探小說立基於謀殺、立基於犯罪、立基於人心幽黯之處，百尺竿頭的更一腳跨入現成的心理學領域，看起來不是極方便、極理所當然嗎？

然而，小說，就創作成就面而言，太被方便和理所當然所吸引，往往就糟糕了——小說的成就，往往從不方便、不理所當然而來。

或者，我應該更周全的來說，偵探小說作爲一種類型小說，順風鼓帆般往方便、理所當然的方向開大門走大路，從商業面來考量當然是有利的。首先，它因此更有效率。因爲偵探小說作家可簡單取用心理學者曠日費時臨床實驗和殫精竭慮思考的成果，既開拓了題材，又不用多花心力，是標準即溶式的有效寫作方法，這樣的好效率，是每個「時間即金錢、題材即金錢」的類型作家所汲汲以求的；其次，它帶來了新的賣點。某些在社會流傳有年的心理學主張，比方說亂倫禁忌，比方說伊迪帕斯情結，和社會大眾之間往往呈現著某種奇怪的關係，一方面這些名詞人人耳熟能詳，另一方面對它的實際內容卻不甚了了，於是，它們遂成爲某種極有趣的流行符號，朗朗上口，卻又神祕幽深，你望文生義時帶著某種威嚇和可怖意味，如人性的永生詛咒。偵探小說作家援引這樣社會既有的「流行／神祕」符號當然極有利，它可有效替代已壓榨殆盡的原始詛咒符號（比方說，法老王的詛咒或印度西藏東歐或管他哪裡某個不祥宗教寶物的詛咒），繼續保有那種宿命性的威嚇趣味；同時，這還讓偵探小說看起來有出處有學問有氣質，增添作品的重量感，而且很容易找到賣書的slogan，介紹文字也很好寫。

只是，方便省事好用，必然要付點代價，天下沒白吃的心理學速食主張。

從作品的創作成績付代價，這該怎麼談呢？這樣，讓我們先從心理學家最愛觸及的一個話題：「夢」，來說好了。

應該有爲數不少的人有如此的生活體認才是：我們最怕什麼樣的人講什麼話呢？據我個人私下的調查統計，有兩種。其一是沒幽默感的人老愛講笑話，其二是動不動講述他老兄昨晚又做了什麼夢的無聊之人——碰到前一種人，你會希望自己是聾子，必要時也一併瞎掉算了，因爲尷尬不僅聽得到，也看得到；碰到後一種人，你則恨不得自己是心理醫生，起碼可收點錢。

在小說的世界中，夢依然製造類似的尷尬不堪。如果你是個有著相當閱讀經驗的讀者，你應該不難發現，經常，小說中最難看、最容易失敗的地方，是寫到夢的部分；如果你自身有著創作經驗，那你一定更老早發現，小說最難寫、沒事別去碰的，也是這個夢——在我印象中，失敗率絕對在九成以上，包括曠古絕今的大詩人大劇作家莎士比亞在內，他寫理查三世受自身罪惡追逐那場夢魘讓人看得尷尬不已。小說中寫得最棒的夢，依我個人記憶所及，應該是杜斯妥也夫斯基《卡拉馬佐夫兄弟們》中審判庭上伊凡．卡拉馬佐夫盹過去所做的那場夢，醒來時他說：「各位，我剛剛做了一個好夢。」那的的確確是小說史上數一數二的好夢。

夢爲何超級難寫難看？這是個值得有識之士探索的嚴肅文學題目，這裡我能說的只是簡單的基本感想。

我以爲，夢的難寫首先在於它完全的自由。它不僅是流質的，而且更是跳躍的，它掙脫因果律，掙脫邏輯，甚至掙脫我們生活經驗中最簡單最素樸的基本「規律」，小說家拿文字試圖讓它固態化，常見的結果就像梅特林克的《青鳥》所說的一樣，當你好不容易抓到手，發現它不是死去，就是變成平凡的黑色。我想到電影《眞善美》插曲中的一句：「How do you catch a cloud and pin it down.」——沒錯，你要如何才能逮住一片雲朵，像釘標本一般把它釘在白紙黑字的小說之中呢？

夢的難寫，很弔詭的，其次在於它毫無變化，甚至毫無自身生命的氣息，成爲一種拙劣的輔助性工具，只爲幫襯、對照、暗示、誇張或模仿人生現實的既有種種。小說中這樣的「夢的工具化」，並不必等到佛洛伊德對於夢的特定解釋的出現才發生，事實上，人類（每個民族）老早就發現夢經常可追溯至我們大白天不睡覺時的種種「殘留」，從身體的挫傷到道德、情感、理想等種種挫折，然而，當小說過度嚴重的凝視這個勾聯著夢和人生現實的曖昧環節時，總容易把隨機的觸發轉變爲森嚴的因果，從而摔進了小說劇作最不該掉落的ＡＢＣ陷阱——單一無趣的因果律中。這個陷阱，隨著佛洛伊德那幾套夢的解釋出現並蔚然成風之後，變得更黏更如影隨形，小說家發現，他所構思、描繪或創造的每一個夢，總有幾套現成的解釋方法等在那裡，不僅是夢的情節本身，還包括夢的片段細節和其中任何元素的造型（比方說陽具形、女陰形云云），無所遁逃，小說家不要被如此曲解，會狼狽如行走於未標示地雷位置的雷區一般，得隨時低頭以防粉身碎骨，他哪還有工夫抬頭看向夢的無羈藍天?

於是,夢,之於小說家,便如盧騷的名言:夢,生而自由,卻發現自己處處在桎梏之中。

誰該走前面?

從夢之於小說的簡單討論,我們有機會「同理可證」心理學現成主張之於小說創作面的種種麻煩——人生現實儘管不似夢那般狂放自由,但相對於心理學那幾套現成講法,人生現實無疑太複雜、太隨機、太歧義且太不可收攏。

小說,不管是處理人生現實的複雜微妙,或尖銳指向人心的未知曖昧,都不是為求單一結論、單一教訓的思維載體,它是一根以特例而非通則所引領的探針,因而,從概念的先後來說,理想上小說應先於心理學主張,直接探入現實人生和人心的素材,然後,像當年歐洲遠赴東南亞、中南美洲或非洲找尋各地珍奇產物的風塵僕僕商人一般,把這些通過「不屈不撓的偏見」所發現一般人所不知道、沒看過、不曉得叫什麼名字的種種成果,提供那些分類、標示售價並賦與商品解釋的店家所用——心理學者是這些店家之一。

當然,現實世界不是理想形態所統治的國度,小說家從遠方辛苦背回的東西不一定合用,佛洛伊德固然曾經從聖經中對摩西的記述和希臘神話中對伊迪帕斯的記述找到他要的東西,但更多的時候心理學者得自己來,而他所因此得到的發見、假設、主張甚至結論,自然會回到人間成爲現實世界的一部分，而給與寫小說的人啓示或甚至是材料——就像小說史上「意識流」的寫作蔚然成派，其實是心理學的成就爲前導，小說史上出現《追憶似水流年》這樣的瑰寶，很大一部分當然是小說界「欠」心理學界的。

但我們已話說前頭，讓心理學成果走在小說之前，並非百分之百必然失敗——當小說家肯不理所當然一些，讓心理學的成績成爲啓示而不是超級市場的微波食品時，當小說家肯溯回該心理學成就的素材本身並拒絕向該結論簡單投降時，成功的機率會升高起來。但這很難，絕大多數的時候，不管出自於小說家的偷懶、過度激動或對心理學的一知半解，我們所看到的，絕大部分是移植而非啓示，是先引用心理學的主張爲框架再添補上血肉，這是科學怪人式的拼湊製造方法，而不是小說生命之道。

常常，我個人會假想，如果我是個心理學者，會如何看待這些偷懶或天眞小說家的班門弄斧行徑，很多的主張對心理學者而言，極可能已過時，或只是假設，或處於高度不確定或懷疑的狀態中，怎麼這些寫小說的就這樣開開心心、毫不懷疑的當結論捧回去，轉一個形式當永恆眞理講出來昭告世人？

玩笑結束．謀殺上場

繞了一圈，讓我們回到這本《丹恩咒詛》來。

《丹恩咒詛》是一部三段式的偵探小說，以流淌於丹恩一家血液中（不是基因裡，那年頭對gene這個今日生物遺傳家族學最重要的小小東西仍不甚了了）的邪惡詛咒貫穿，每一段謀殺案看來都已當場解破，但又像沒揭露最終眞相而日後再次引發謀殺一般，到底原因在於眞凶未逮獲，還是丹恩家族的遺傳因子中眞有如此不祥的毀滅成分？

這裡，我想起生物遺傳學上的一個老笑話：「如果你的父母沒小孩，那你大概也會沒小孩。」——這其實是個有意思的笑話，它間接透露出生物演化的某一部分精髓，一種攜帶自我毀滅的基因並不容易傳遞（除非它在生殖傳種完成後才啓動），因爲達爾文所楬櫫的天擇機制，用不了幾代便能將它淘汰。

因此，不管躲藏在血液中或安坐在基因裡，丹恩家族的詛咒若眞是生物性的遺傳，那它究竟是如何躲過天擇機制而存留於一九二〇年代的美國？從小說來看，丹恩詛咒的毀滅裝置啓動於生殖乃至於青春期之前，那應該只剩兩種解釋：一、這個遺傳性詛咒是蓋碧兒．丹恩的上一代（或上兩三代）才突變，天擇還來不及淘汰；二、這個毀滅性表現在毀滅他人而非自我，因此天擇不生作用——如果是前者，這樣的悲劇令我們黯然，但不擔心，因爲時間一到，天擇自然會料理它；如果是後者，那就眞是個可怕的遺傳了，那只能交給機率和社會的防衛機制來對付了。

ＯＫ，我們和少了我們五十年生物、心理學知識的漢密特所開的玩笑到此爲止，讓我們宣布：謀殺開始——

從黯夜一路行來的女人

《黯夜女子》一書其實是一部中篇小說，一九三三年四月分三期登載於當時的《自由雜誌》（周刊）上頭，小說的副題寫道：A Novel of Dangerous Romance，一則危險的愛情故事。

當然，古往今來的愛情故事鮮有不危險的，但，咳，我們曉得並不是這個意思。

關於「牆壁—眼睛—膝蓋」

本來，古典推理小說作家是不可以寫愛情的，不是說誰有資格如此命令他們，主要是他們本身自絕於愛情：

推理作家相信萬事萬物皆有其秩序，但愛情卻遠在秩序之前，來自人性中最原初的混亂。

推理作家服膺理性，偏偏愛情起於激情，因為純淨的理性溫度太低，到達不了戀愛所需的燃點。

推理作家肯定事物發生有其緣由，服從於因果律，偏偏愛情是隨機的、偶然的、漂流的，而且還很不講理，講道理的愛情通常不被看成愛情，毋寧更像某種談判，或甚至交易。

推理作家仰靠邏輯想事情，但這涵括不到愛情，「牆壁—眼睛—膝蓋」這三個字，從來就和三段論或邏輯實證沒相干。（牆壁—眼睛—膝蓋，Wall-Eye-Knee，這是「我愛你」的逐字英文音譯，據說是多年前瓊斯盃籃球賽負責接待美國隊的某大會工作人員發明的，至今仍為教授老外準確發此三音的不可逾越經典之作。）

準此，無怪乎歷來的古典推理作家動輒彼此相約，別去觸碰這煩人的愛情。

然而，以逼近眞實犯罪為職志的美國冷硬派作家並不在此限。如果愛情眞的經常是人們犯罪殺人的動機的話。那愛情不僅可以寫，而且應該要寫，所以雷蒙．錢德勒寫了《再見．吾愛》，而漢密特也有這本《黯夜女子》。

只是，這樣子絕不意味這些又冷又硬如岩石的作家便從此化為繞指柔起來，終究，他們之所以關心愛情，只因為這道繩索另一端牽扯著犯罪。如此的「犯罪／愛情」小說不可能多甜美可人，它可能注定是哀傷的，就像《再見・吾愛》中那名七呎巨漢搶犯和美麗紅髮歌舞女郎的不匹配愛情；它更可能極其危險，就像《黯夜女子》中這名有幽閉恐懼症的巴西佬和逃亡的紅衣女子在黯夜相遇。

憎恨女性的小說

很多人說過，美國冷硬私探小說可能是人類文學史上最憎惡女人的一組小說，這話也對也不對。

也對，指的是早期冷硬派作品中，女性角色的確異樣的「凸出」——我們從錢德勒或漢密特小說中俯拾可得，女人，尤其是他們筆下最常出現的金髮或紅髮美麗女人，不僅被動式什麼也不做光坐那裡，自然成爲犯罪謀殺的原因，她們還主動出擊，如朱利安・西蒙斯所說的，「(她們)一成不變的散發吸引力，也一成不變的聰明狡獪，她們修長但有力的身軀簡單幻化成蹲伏著等待噬人的野獸，她們有圓而大的眼睛，天眞無邪的臉蛋，但她們也會毫不猶豫的一刀子就刺過來。」

簡單說，禍都是女人闖的，世界之所以變得這麼糟這麼多罪惡，只因爲有了這個稱之爲「女人」的麻煩物種。

至於也不對，指的是往後的冷硬派作品，並沒有因襲兩名祖師爺漢密特和錢德勒的「偏見」，從而把「禍水女人」的想法固著下來，五十年後的今天事實證明，這組偵探小說極可能是偵探小說系譜中最肯定女性的一支，甚至出現像蘇・格蕾芙頓或莎拉・帕瑞茲基這樣十足女權意識的好作品。

女性在古典推理之存在

在政治圈中有個流傳已久的講法，大約是這樣子的：如果你不能讓別人喜歡你，至少要讓他們恨你，千萬不能讓他們不理你，當你不存在。

我們若願意思索一下這段狀似犬儒的話語其背後眞義，冷硬派小說一開始的敵視女性，不能不說是女性角色在偵探小說世界的「進步」——儘管表現形式既不公平也令人不舒服，但起碼女性「登陸」了，正式確立在舞台正中央，她們不再能被簡單忽視，被當成可有可無，當成不存在。

之前的古典推理並不恨女人，因爲構不成威脅，沒必要去恨。

這得稍稍再解釋一下。在古典推理的男性沙文世界之中，女性的參與截然分成兩種不同角色，一是寫作者，一是書中角色，兩者重要性天淵地別。

女性作爲古典推理的寫作者，長期以來一直非常非常重要，尤其是二〇年代開始以長篇爲主的第二黃金期以降，沒有人能想像，其間要是抽掉了阿嘉莎・克麗絲蒂、桃樂賽・榭爾絲和約瑟芬・鐵伊等了不起的女作家，古典推理的整體圖像將何等殘破荒涼，如此，我們最多只能用「青銅時期」來稱呼這個古典推理的最高峰時代。

二〇年代之後，女性寫作者的力量之所以如此燦爛爆發開來，當然有其複雜且犬齒交錯的結構性理由，這裡我們只簡略指出其中兩點：一、父權結構社會有了鬆動的意思；二、長篇成爲古典推理小說的主流。

我們所謂的二〇年代以降父權結構社會呈現初步鬆動，意思當然不是說男女從此平權、大家開始平起平坐起來，而是指當時的西歐（特別是領先發展的英國），隨著財富的累積，教育的逐步普及，加上一次大戰後家庭結構起了變化、婦女有機會介入社會云云，這爲極少數有著特別才華的女性擠開了小小的施展空間，讓她們能以個人身分插入男性世界一較短長，當然這仍是艱辛、不公平且充滿限制的一場競爭，但這些腦筋特別縝密的女性沒被難倒，順利打開一道甜美的女性推理寫作之路。

至於長篇寫作爲什麼女性有優勢呢？我的想法是，長篇小說不像短篇那樣光靠抽象概念就能撐完，它要求較多的血肉，要求較多的生活細節，偏偏這是絕大部分四體不勤的男作家，尤其那些認爲勞心高於勞力的古典推理男作家，最拙劣的一環。我不知道這有沒有生物結構的理由在內，但我們非常肯定，數千年來的人類社會，女性一直被形塑爲處理生活瑣事的人，因此，她們較不容易被抽象概念或意識形態牽著走，她們有極佳的現實感和更豐碩無所不在的細碎知識，當絕大多數由抽象理性所「設計」出來的推理小說概念（或稱之爲「詭計原型」），被第一黃金期的短篇小說所揮霍殆盡之後，女性的現實感和豐碩生活知識提供了古典推理一塊新的富饒大地，也讓她們得以用較少的人數，較多的限制（家庭、教育程度、社會機會等），擊敗那一堆總以爲自己比較聰明的不知死活男性作家。

然而，一次不能解決兩個問題。女性推理作家滲透到男性主宰的推理世界戰鬥，仍不得不遵循男性所樹立的遊戲規則行事，她們當然也無力改變古典推理的男性氛圍，用個最簡單的符號觀察來說——榭爾絲筆下的神探仍是男性貴族的彼得．溫西，她自己化身的女作家角色郝麗絲．凡恩雖不至於只是花瓶，但頂多到「華生醫生」的程度而已；鐵伊用的則是蘇格蘭場的男性探長葛蘭特，女性角色更無足輕重；克麗絲蒂好一些，她在筆下第一神探白羅而外，成功創造了一位愛聊天、愛打毛線，狀似天眞甜蜜的鄉居老太太珍．馬波（當然她還有另一個小系列，以熱情莽撞的中年太太兩便士爲主，但不怎麼成功），算是古典推理有史以來第一次出現夠分量的女神探，但洩氣的是，這也是直到一九九八年今天爲止，古典推理史上唯一眞正夠分量的女神探。

神探如此，遑論其他。

跟著現實走

這一點，冷硬派和古典推理不大一樣。

不大一樣的眞正起因，我以爲主要來自小說之外現實世界的變動。我們任誰都清楚看到了，儘管革命尚未成功，但至少從二次世界大戰婦女開始大舉走出家庭之後，女性的力量便不斷挺進——儘管其間不免有一時一地的反挫，但這明顯是一條單行道，誰也擋不下這支足足擁有地球一半人口、尋求她們合理待遇的大軍，這當然是好現象。

這個好現象投射到兩組不同寫作哲學基礎的小說之中，呈現著相當不一樣的結果：基本上抗拒寫實、把自身封閉在邏輯遊戲裡的古典推理，可以無視這份現實變動；但標示著寫實的冷硬派卻沒辦法這樣風雨無波，如果眞實世界中的權力糾結、衝突、犯罪乃至於謀殺，女性所扮演的角色愈來愈吃重，他們多少便得正視它、思索它並描繪它，這也是一條單行道無法回頭。

冷硬派從憎恨女性開始，到五十年後的今天嚴重的肯定女性力量，如此前倨後恭的有趣怪現象，如果我們把它擺到現實世界來看，儘管辛酸卻完全合情合理。

畏怯的兩大硬漢

如此，我們再回頭看漢密特和錢德勒小說對女性的處理，似乎不能不爲這兩名硬漢人物貼上一個他們一定不喜歡也不肯承認的標籤：害怕。

他們害怕女性所展現的新力量。二、三〇年代，兩次世界大戰，把壯丁送上歐陸戰場，也把女性逼出家庭，承接相當一部分長久以來非男性莫屬的工作及工作所蘊含的權力，但請神容易送神難，這些好容易走出小家庭封閉世界的女性不願再回去了，她們已用事實證明，她們可以跟男性做得一樣好，甚至更好，有什麼理由要把她們再埋葬回去？

二、三〇年代，儘管這一切只是方興未艾，但以漢密特和錢德勒的敏銳洞察，他們似乎預見了這個沛然莫之能禦的發展，他們的機智、拳頭和意志力看來都抵抗不了，他們於是碰到了他們害怕的東西。

於是，他們用了最直接最原始的方式來面對：用難聽的話來詆毀，把她們說得不堪，說她們是一切罪惡的根源。

詛咒，是頌讚的開始。

沒留下姓名的第一個冷硬私探

古希臘的柏拉圖相信萬事萬物皆存在一個「原型」。圓，是絕對的圓；桌子，是絕對的桌子；正義，是絕對的正義。相對來說，我們的人生現實中有無數的圓形，有數不清的桌子，和紛紜不定的正義說法和主張，但這些都只是現實不完美的摹本，原型永遠只有一個，完美，絕對，只存於理念之中。

對早生了兩千多年的柏拉圖，我們顯然來不及請教他：如此，您老人家認爲冷硬派私家偵探的原型該是什麼樣才是？

在柏拉圖並不熱中的現實界中，我們倒不難找到這個原型，那就是本書奉他爲名的

「大陸偵探社探員」，老實說，離開柏拉圖的完美不可以光年計。他中年（三十五歲）、矮、而且肥胖。不漂亮當然沒關係（記住，我們在看的是偵探小說，可不是羅曼史），不漂亮當然也仍可以很迷人，像克麗絲蒂筆下也是矮胖造型的白羅探長，他有顆奇特的蛋形腦袋和永遠用蠟漿來尖翹的大鬍子，充滿智性的幽默和老式歐陸貴族的美好鑑賞力；或像福崔爾筆下的「思考機器」范杜森教授。絕大多數人可能記不清他外表長相如何，但我們一定難忘他那顆碩大無朋的奇異大腦袋，也一定記得輸給他的蘇聯籍西洋棋王所說的話，「你不是人，你只是一個腦子——一具機器——一具思考機器。」這仍是極迷人的某種偏執天才科學家的美好造型，像愛因斯坦那樣。

然而，無名大陸偵探社探員這些一樣也沒有，甚至他的姓名我們都不知道，沒人崇拜他，也不會有女性傾慕他，偶爾若有哪個女生願意陪他上床，無非是案子犯到他手裡，想藉此手段脫身罷了（但就我個人所知，沒成功過）。

在後來的長篇《紅色收穫》中，這位無名探員有這麼一段自白：「瞧，今晚我坐在威爾森（該案委託人）的桌旁，玩弄他們像玩弄鱒魚似的，玩得很開心。我看著努南（該案中的流氓警察頭子），知道因為我對付他的手段，他沒千分之一機會再多活一天，我笑了，覺得內心暖洋洋的很快樂，這不是我，我一身硬皮，只剩下靈魂了。經過二十年和罪犯鬥法，我可以面對任何謀殺案，什麼都不看，只看到我的飯碗，看到例行的工作……」

兩個並不矛盾的出處

漢密特曾說，「當代（他說話的那時候）小說家該做的工作就是，從眞實生活中切割出一部分來，讓它們直接呈現在白紙之上，而且，若更直接從大街之上移到紙張之上，小說也就理所當然更眞實。」

大陸偵探社探員這個原型顯然便是尊此要領來的，它更具體的來源，漢密特一度宣稱，係立基於他平克頓偵探社巴爾的摩分社的一名同事叫詹姆斯．賴特（James Wright）的；然而他也講過，其實這個中年悍將的人物造型基本上是綜合性的，由眾多他認識的人你一小塊我一小塊拼合而成，出處不止一個。

這兩種全出自原寫作者之口的說法到底哪個對？我個人的想法相當鄉愿，我以爲兩者應該都接近事實而且彼此並不矛盾——對小說創作活動有基本理解的人都曉得，小說中人，尤其是主體人物很少是完全憑空「捏造」出來的，他往往借助了某一個眞實人物的名字、身分、職業、外表特徵、某段有趣的遭遇或更內在的某一個有趣的心理狀態爲起點，再以這個點爲磁場中心，吸入小說家所要的其他材料組合而成。

說眞的，這個點是哪個人或在何處，往往之於讀者半點也不重要，就像我們這位大陸探員的造型起點究竟叫賴特或叫傑克，根本無所謂。絲毫影響不了閱讀；但對於創作者而言卻往往生死攸關，因爲他所面對的創作想像世界是廣袤的、自由的、無界限的，創作者需要找到一個點（儘管可以是任意的、隨機的），作爲標示座標的原點，讓他的想像啓動而不至於漂流；或說作爲想像的起跳點，如此他才能安心的開始縱跳，如《易經・乾卦》的第三爻所說的，「或躍在淵，吉，無咎。」——意思是，想試著飛上天的龍從水面開始縱跳，就算不盡成功，落下來的地方仍是水淵，不會有危險。

一種純粹的自由是令人迷惘的，就像古希臘的數學家完全不曉得該如何料理「無限」這個概念一樣，生命，是從有了界限開始。

白被單的寓言

想像力華麗、豐沛到令人不可逼視的哥倫比亞籍小說家賈西亞・馬奎茲，在他的鉅著《百年孤寂》書中，乾乾淨淨的只憑著一張白被單就讓美人兒冉冉升空而去，這讓全世界努力想讓他筆下人物也飛上天去的小說同行瞠目結舌（原來就這麼簡單啊！），然而，我們說，即使是馬奎茲，仍得靠著這一張有著明確物質屬性的被單，才漂亮完成這件事。

馬奎茲曾如此說過，「沒有寫實基礎的憑空想像是最難看的。」

沒錯，這裡我是忍不住把馬奎茲的美人兒大白天升空、尤其是升空所用的白被單當成某種創作的寓言。我以爲，一般讀者，甚至更嚴重包括不少的小說寫作者，往往對想像的無羈無限存著過多的「想像」，以爲只有那裡才是創作者該去的允諾之地；相對的，諸多不完美的、沉重的、多限制的、乃至於醜惡的現實世界，是想像的大敵，應該用力對抗奮力掙脫——這樣的意念被過度上綱，便容易生出馬奎茲所謂的憑空想像，俗名叫「亂想」；

從而寫出馬奎茲所謂的最難看的作品，俗名叫「亂寫」。

李維史陀和逼真畫

人生從現實世界開始，文字符號取樣於現實，繪畫臨摹現實，傳說和書寫濫觴於現實，人類和這個現實世界相處了數千數萬數十萬數百萬年，長期在這樣地心引力的拉扯之下，的確有不堪其擾之煩，就像柏拉圖《理想國》中所描述的「洞窟理論」一樣，人生所謂的現實世界中的處境，正如被鐵鍊禁錮於山洞中的囚徒一樣，它阻止了我們更上層樓看到另一個更鮮明更完美的理念世界——所以古希臘的哲學家寧可仰望星空、遊徜於數學的理知之中，印度佛家楬櫫了眾多更美好、清涼有香氣的不在現實裡的世界，文學的浪漫主義要用意志和想像來替代模仿現實世界的苦工，繪畫的印象派極力想掙脫我們肉眼所見的一成不變實物實相云云。

瞻望並尋求超越，也一直和人類同在。

然而，李維史陀在他《看・聽・讀》（Regarder Écouter Lire）書中，評述十七世紀法國畫家普森（N. Poussin）時，提出一個非常有意思的問題：爲什麼在繪畫的世界中，逼眞畫的力量始終不衰？儘管印象派棄絕它，有識之士嘲諷它（如盧騷說：「俗套之美除了克服艱難之外似乎別無長處。」巴斯卡說：「繪畫具有何等的虛榮，它以事物的相似來引起人們的讚歎，但在此同時人們卻對原物毫無欣賞之意。」），更銳利捕捉實物纖毫的攝影器材出現，一度更讓人們相信逼眞畫已被替代、該落入歷史的灰燼之中了。然而，那種以假可亂眞、葡萄覆著一層果霜、花瓶的瓷器質感、乃至於馬兒彷彿要躍出紙外的繪畫，仍吸引著人們的目光。

李維史陀的回答是，「這並不偶然，它發現並表明，正如詩人所言，無生命的事物也有著靈魂。一塊料子、一件珠寶、一只果子、一朵花、一件餐具，跟人的面容一樣，皆擁有內含的眞實性。」「（畫家）通過某些技術程序，奇蹟般獲得敏感世界瞬間即逝的和不可捉摸面貌的融合。」

李維史陀進一步指出，逼眞畫並非單純的實物複製，而是再造，畫家必須專注發展對客體（繪畫對象）的深刻認知，並同時進行深刻的內省，以求得客體和主體的完整融合。便是在這樣的過程中，逼眞畫截然分別於實物單純複製的攝影，也有別於直接繪製彩色照片的所謂新形象藝術派（李維史陀刻薄的用「倒盡胃口」來形容這支繪畫流派）——李維史陀並銳利的補充道，眞要追究起來，稱得上優美的照片皆出現在照相機才發明的早期，只因爲彼時的器材簡陋，逼令藝術家不得不投入自己的智慧、自己的時間和自己的毅力。「人的手比起人的腦，仍是個很粗劣的器械。」

很清楚，李維史陀認爲，原子排列緊密的物質並非就沒有感受、思維和想像迴身的空間，不必像柏拉圖（以及印象派畫家等等），非要斷裂開來到眞實事物之外去尋求不可。

強大的抓地力

讓我們回到漢密特和他的大陸探員來。

由此，我們發現，漢密特成功創造了這個冷硬私探的原型，但他自己的解釋有著缺陷（小說家的自我解釋不如作品本身，這是常見的事），因爲大陸探員並非直接「切割」自他那名叫賴特的同事，事實上，大陸探員擁有更多難以記敘（意識裡或潛意識裡）的經驗來源，並大量摻加了漢密特本人對這個世界的種種感受、主張、想像和價值，這正是李維史陀所說的主體和客體的完整融合。

或者，我們應該這麼說比較對：漢密特襲自亨利・詹姆斯的小說寫實主張，無疑是一種太簡略、太拘泥於「單一事實」的看法，這個看法並不準確且已然過時，然而，這並不足以讓我們急急遑遑得到非此即彼的完全另一端看法，認爲寫實只是現實事物在白紙黑字上的移植，有想像力的人不屑爲之。

千萬別低估了「眞實」在小說創作世界中的價值。

較之李維史陀所稱，逼眞畫在繪畫世界中始終不衰的力量，眞實的人事時物之於小說的力量，絕對有過之而無不及，它擁有強大的抓地力，給與小說和這個世界難以言喻的複雜聯繫，這種飽滿有力的聯繫，往往不是創作者的意識所能遍及並設計得出來的，它也爲小說鑄造了堅實的底子，令想像變得簡單而專注，不必屢屢回首來尋求最終的合理性——

眞實，某種程度是規約了想像力，但終極來說，它釋放了想像力。

更重要的，它沒讓想像把小說帶到純遊戲的世界，而保留在人文的思省之中——即使，看起來這只是一部消遣有趣的類型小說而已。

幽默其表・冷硬如昔

大約是二十年前了吧，好萊塢曾流行過相當一波災難片，比此番的鐵達尼或火山爆發要全面且猛烈多了。那回的災難，大如巨型郵輪（海神號）、摩天大樓，小如一架波音七四七、甚至只坐了三四十人的某輛快樂大巴士都會出事。反正一時之間該撞冰山的一定撞冰山，該失火的一定失火，該爆炸的也必然準時轟然一聲，生命忽然充滿著意外且脆弱如蜉蟻草芥，人人自危。然而，災難片除了好萊塢展現新的特效和科技好嚇人之外，通常還有個永恆不變的偉大主題，那就是，正如希臘悲劇號稱有洗滌人心的功用，好萊塢的災難片更爆烈的把人推到生死的邊緣一線，逼人重新檢查生命的無常和種種執念的無謂，名利虛無如過眼煙雲，沒有什麼在這樣的處境之下是丟不開的；而且，通過大難臨身的相互犧牲、相互扶持和諒解，人的情感得到另一次的新生和確認，於是原本彼此不對眼的父母兒女冰釋了，熱情早已冷卻的夫妻眼中重新有了對方，而一直就如膠似漆、愛得不得了的俊男美女情侶（男女主角）更經此洗禮，up-grade成了死生契闊永生不離的動人肺腑世紀愛情，在片尾甜美且帶著哲學訓人意味的主題曲揚起、新的一天安然到來之時，重新瞻望生命的地平線——

We may never love like this again.我們此生此世再不可能如這一刻這麼相愛了……

甜蜜如是，也誇張如是。

我想，如果讓達許·漢密特這樣對人性充滿著殘酷幾近虛無看法的人，來寫一部類似的災難小說或電影劇本的話，究竟會變成什麼一種德性？簡直令人不敢想像。

進入上流社會

《瘦子》這部小說是漢密特一生五大長篇的最後一部，時爲一九三四年，彼時他已算功成名就了，居住於紐約，還雇用了兩名經紀人，一個專門負責電影方面的事務，一個則料理書的出版。很顯然，這位從下層泥淖中拔起的冷硬派始祖已脫了胎換了骨，昂然進入了繁華的上流社會了。

更重要的，當時他身旁的女性也換人了，原來那個在貧窮歲月和他一起、但不甚聰明也始終進不了他寫作世界的小護士約瑟芬・朵蘭，早在一九二九年他還不算發達時就和他分手了（顯然災難日子的相互扶持並沒讓他們從此過著幸福快樂的生活），他生命中新的女人是莉莉安・赫爾曼。和朵蘭不同，莉莉安是個有大學學位、離過婚的成熟聰慧女性，能分享他的所思所想，參與他的寫作，漢密特死後才結集成冊的短篇小說——The Big Knockover，便由她編輯而成。

這是《瘦子》一書的寫作背景，對這位主張寫小說便是「把生活切割出來，直接移到白紙之上」的堅定寫實主義者，我們有必要了解一下這段期間發生了什麼事。

如此現實生活的大轉變——由搏命的殘酷大街到夜夜宴會笙歌不絕——當然也直接被漢密特切割下來搬到白紙之上，這遂使得《瘦子》一書成爲最不像「漢密特小說」的小說，尤其是那些迷戀漢密特冷硬如磐石不動的評論家和讀者更是感慨萬千，怎麼在他晚年（其實此時他才四十一歲）會跑出這麼柔和浪漫的作品來。

不想妥協的冷硬之人

類型小說的讀者常在閱讀想像中把自己投射於小說中某個喜愛的角色之上，有關這點，之前漢密特的小說一直有個共同的特質，他書中的任何角色，不管是男是女是正是邪，沒有一個是讀者樂於扮演的——然而《瘦子》例外，小說中優雅幽默的偵探尼克・查爾斯（本來應該是尼克．查拉藍比得斯，希臘裔的），和他那位有錢、善良、熱情洋溢且喜歡在言辭中修理她丈夫的老婆諾拉，皆是容易被認同的角色；而兩夫妻沒完沒了的輕鬆鬥嘴，更是講慣生冷血腥笑話的漢密特從未有過的。

然而，如果我們小說讀仔細一些，不被這種上流社會的優雅糖衣所蒙蔽，一定不難發現，漢密特仍是那個昔日死硬派的寫實主義者，小說表現形式的變動反倒更忠實反映出他堅定的寫實主張，而且小說裡面那個冷酷、世故、不帶情感看待世界實相的漢密特，亦仍如昔日。小說中，漢密特化身的尼克．查爾斯（同樣四十一歲），是一名娶到有錢老婆當然就無心重操賤業的退休私探，他從誤打誤撞被扯入這宗罪案，到最終心不甘情不願破案，從頭到尾一絲熱情和俠義之心都沒有（換是錢德勒的馬羅就絕對不會如此），儘管先是失蹤、後被視爲謀殺他女祕書兼情婦嫌犯的是尼克的昔日老友「瘦子」維南特，儘管老友的年輕女兒桃樂希百般央求而且對他充滿傾慕的情意，儘管老友的離婚改嫁老婆咪咪想盡辦法誘他就範。從親情、友情、愛情到欲望，這個人幾近是絕緣體。

現實世界，在尼克．查爾斯（或說漢密特）眼中，也絕不因爲景況好轉而改變本質，變得較有秩序較合邏輯，小說中，尼克在回答他老婆諾拉的質疑時說，「可能吧。」而且聲稱這個詞正是你在查案過程之中最常用到的。世界仍是隨機的、偶遇的、充斥著不確定和不完美，正如李維史陀說的，「無序，統治著整個世界。」

而我個人覺得最有趣的是整部小說的最後結語，這仍是尼克、諾拉這對寶貝夫妻的對話：

「……你想××、×××還有×××現在怎麼樣了？」

「老樣子，繼續當××、×××和×××，就像我們兩個也繼續當自己，××××也還是××××。謀殺不能改變任何人的生活，除非是被害人，或有時候是凶手。」

「可能是吧，」諾拉說，「可是一切實在太不圓滿了。」

你看，漢密特仍一絲妥協的意思也沒有。

存留記憶．好好活著

附帶說明一下，我們把上述對話中的人名隱去，爲的是避免造成破案的暗示，請千萬別自找麻煩從人名的字數去聰明的推斷，不聽勸阻者，所有喪失閱讀樂趣的不可挽回後果請自行負責。

ＯＫ，一宗罪案，三具屍體，對一個家庭及其外圍的親友雇員而言，災難不可言不大，但漢密特仍若無其事告訴我們，什麼都不會改變，每一個人仍是老樣子。

是的，付出了這麼大的代價，人們卻什麼也學不到，我們很能感受到諾拉的慨歎，人，眞是太不圓滿了，這個世界也眞太不圓滿了。

類似的話，我們也曾在美國小說名家寇特．馮內果的書中讀過，他曾引述他一名漢密特型友人的話，「這輩子你曾看過誰眞的改變過嗎？」——而事實上，這種和好萊塢災難片偉大主題完全背反的陰黯結論，也一直是馮內果小說的最重要命題。人是幾近學不會的，歷史的教訓是幾近沒意義的，所有的愚行和災難，雖然有著新的工具、新的外貌、新的強度和廣度，但究其本質可一點都不新鮮，它只是「又來了！」

毒品、麻醉劑和酒精云云，長期以來一直被民智稍開的人類社會視爲罪惡的大敵，然而說眞的，某種程度來看，人類這種偉大的造物其實不必外求這類有著極強烈副作用的安慰形式，他自己本身就一直能生產。在時間必然的流淌聲中，人們不學而能自動生產出一種名爲「遺忘」的藥劑，它有效保護著我們不被巨大的創傷所擊倒，也有效保護我們安然的準備再犯下一次同樣的錯誤，就像有人開玩笑星期天到教堂懺悔認罪的功能一樣，爲的是洗清過去一周的罪業，好開開心心再犯接下來六天的錯。

這樣的指責，對古往今來所有活著的人而言，可能不盡公平，但不容否認卻是有效的。

這裡，不服氣的人可能會指出，既然虛無陰黯到如此地步，漢密特（或馮內果）爲什麼還要一而再再而三寫小說傳遞同樣的訊息呢？我想，除了寫書賺錢養家活口這個更虛無的理由之外，其間總微弱的包含著一點期盼和信息——也許，這次我們可以不那麼健忘吧！

我個人曾在幫某位朋友寫序時，用到「存留記憶，並好好活著」這個題目，我當然知道，在記憶和遺忘的兩者張力之中，這兩點期盼簡直就是魚和熊掌，但正因爲它是如此的不容易，才値得讓我們好好試試看。

快得不得了

人類圍碁歷史上最偉大的奇才吳清源，在他19×19的乾乾淨淨黑白子世界之中，創造過太多不會再有的神蹟，其中最不可思議的大概是所謂的「十局大賽」——在吳清源統治圍碁的那個時代，高段碁士的下碁風險比起今天要高太多了，今天的碁士下的是所謂的「頭銜碁」，意思是下贏了有高額獎金，以及看名字就知道很崇高的頭銜如棋聖、名人等等，輸家也還有不壞的對局費可拿，而且不僅不丟臉，還是一樁挺光榮的事。

但十局大賽完全不是這樣子，除了不是拿眞刀眞槍互砍互刺之外，其方式、氣氛和後果，其實跟宮本武藏和佐佐木小次郎相約在巖流島你死我活相去不遠。方式很簡單，兩名當時最好的碁士下十局碁，輪流持黑（當時碁不貼點，持黑先下當然比較有利），誰先累積到多輸四局碁，誰就往下降一級，也就是說，從今而後你和此人下碁不再能平起平坐，這當然是高段碁士拿自身的技藝、榮譽，乃至於圍碁生命的可怕豪賭。

這樣的決鬥很快就全走了樣，變成吳清源一人跟整個日本圍碁界的決鬥，正如房龍在他名著《人類的故事》中講到耶穌誕生那一章所寫在前頭的：「接下來要講的是一個馬槽和一個帝國的戰爭，奇怪的是，馬槽贏了。」——這場近代的圍碁戰爭其結果也完全一樣，吳清源贏了，所有日本最強的碁士前仆後繼全降了級，包括吳清源的師兄、碁風優雅輕妙的「火之玉宇」橋本宇太郎，如牛頭犬般咬住不放的「怪童丸」、也是日後最偉大圍碁導師的木谷實，曾有機會成爲日本第一、卻從此一蹶不振的東坡碁強豪藤澤朋齋，九連霸名人的官子絕頂高手、也是「現代平衡碁之王」的高川格，以及最厲害的，往後長期宰制全日本碁界、碁風犀利無匹的「剃刀」坂田榮男等。唯一幸免於難的是人格最光潔的大正時代老碁王雁金準一（我個人非常喜歡他的人和雄強磊落不退縮的碁），原因是老雁金一上來就連丟三局，接下來又輪吳清源持黑先手（吳清源的黑子曾四年多沒敗過一局，他的「黑番不動」當然是圍碁史上另一不朽盛業），爲了表示敬重，這次一面倒的十局大賽遂就此打住。

滿天下，先相先——這漂亮的標題出自我個人手中《昭和の名局》第三冊，詳述的便是這段慘烈且風起雲湧的十局大戰歷史，中文大意是：舉世滔滔，最高者也只能由吳清源授半先對弈。

打譜逾十年，我個人有接近半數時間擺的是吳清源的實戰譜，這樣子「偏食」當然不會是提升碁力的好策略，但我是年過二十歲才開始學碁，根本就沒有與人爭勝較勁的雄心，只有某種從吾所好的任性快樂，讀書累了，打兩盤吳清源威風凜凜的碁，感覺很像小時候仰頭看浩浩星空，有一種冰涼似水的舒服之感，這樣而已。

吳清源的碁非常華麗漂亮，不拘於形，有些著手更宛如天外飛來，是碁史上最自由的心靈，而且，他的碁可能也是史上最快的，因此不能不說是個天才。

說吳清源碁快，指的是兩件事，一是思考落子的速度。他一盤碁通常只用對手一半甚或三分之一的時間，因此，曾經有位輸他碁的高段碁士（「蠻牛」宮下秀洋）因吳清源一手碁長考兩小時而開心不已：「能讓吳清源長考這麼久，這盤碁輸了也光榮。」另一則是指他從布局到纏鬥的腳步快速。吳清源步伐輕快，總是一開局就跑在前頭讓對手追趕，這樣的碁風尤其在持黑子先下時特別有力量，稱之為絕塵而去。

快腳步的碁通常有相對的缺點，那就是碁形不夠堅實，容易在中盤接戰的階段被對手逮住弱點痛擊，因此一般高段碁手並不鼓勵快，而多數要求碁形要厚、要堅實，好作為中盤會戰的基礎，但這從不是吳清源的問題。在吳清源的時代，不像現在的碁往往只你佔你的我佔我的大家點到為止，而是幾乎每盤碁都要殺個水落石出，而吳清源又是出了名的正面迎戰主義者，他的碁即使領先也不讓步，總是用最強手攻殺，這說明了他的碁儘管腳步輕快，卻厚實有力，在「輕」和「重」之間有種奇異的、學不來的均衡和面面俱到。

我在想，在小說的世界之中，可有誰最像吳清源的碁，腳步輕快卻同時厚實無比呢？

我想到的是賈西亞‧馬奎茲，另一個你不敢相信還會再有的天才。

漢密特的顛峰

快，就是這個環節的勾聯，讓我在讀這本《玻璃鑰匙》時，心思飛到了吳清源身上。

《玻璃鑰匙》寫成於一九三一年，緊接在《馬爾他之鷹》後頭，可以肯定這兩年就是漢密特小說最顛峰的時日──因爲這老早已成定論，《玻璃鑰匙》和《馬爾他之鷹》正是他一生最好的兩部作品。

我記得我在《馬爾他之鷹》的引介文字中，特別談到漢密特了不起的小說技藝和說故事能力，這段話是，「這是典型漢密特的漂亮手法，在短短不到十六頁的文字，兩樁相互牽扯的謀殺案，兩名毫不勉強的被害人，遺孀和警方分別以完全牴觸卻各自合情合理的理由，皆懷疑他（《馬爾他之鷹》的私家偵探山姆‧史貝德）殺了人（不同的人），而在同時，我們也立刻清晰掌握了史貝德冷酷毫不在意的性格，以及他複雜曖昧的人際關係。乾淨、明快且面面俱到層次分明。」──如果要用最簡單的字來形容，那就是個「快」字。

同樣的，在這部《玻璃鑰匙》之中，尤其是最前頭兩章，我們又得以再次見識到同樣水平的漂亮演出──也正是這個「快」字，讓名推理史家朱利安‧西蒙斯讚歎不已，即使到事隔五十年後的今天，西蒙斯仍一往情深相信漢密特依舊是冷硬小說史上第一名的作家，沒人超越。

但稟性公正的西蒙斯卻也同時指出，漢密特的快手法快腳步也不免帶來點小小副作用，他特別指出小說中三個不盡周延之處，雖然還不至於構成破綻，但總是有點遺憾（很抱歉這裡我們不能言明，以免揭露案情）。

是的，腳步太快，碁形便免不了有薄味。

有快有慢

快，本身是價值嗎？

卡爾維諾很認眞的思考過這個問題。這個問題的意思是，以吳清源的圍碁來看，如果下碁的眞正目的只在於贏碁，快，包括思考落子的快速和碁形的輕快，是否直接有助於這個最終目的的實現？否則，它可能只是「輕率」「魯莽」「躁進」的同義辭罷了；同樣的，以小說來看，其最終的輸贏顯然在於，這究竟是不是一部好小說，快，是否能保證這是一部好小說？或退後一步講，是否較之緩慢更有機會成爲一部好小說呢？

顯然不見得。

因此，思慮縝密到無以復加、且兼具天秤座喜好兩端保持平衡的卡爾維諾，儘管把「快」當成是留贈給下一輪太平盛世仁人君子的六份心智禮物之一，但他還是老實承認，在小說的世界裡，快或者說迅速，並不好說本身就是個價值，畢竟，從思考書寫的角度來看，一篇落筆如行雲如流水的小說，未必勝得過一篇深思熟慮的小說；而從小說本身的時間和節奏來看，那更是各從其類，敘事時間可以是滑翔的、靈動的、跳接的、瞬間如向晚的夜空星圖般通過某種奇異的聯繫，忽然全出現在你眼前，也可以是延後的、循環的、甚至靜止的、宛如挾帶著山風海雨沉沉無密縫的向你壓來，所以卡爾維諾說，「一個故事即是一個根據它所涉及的時間幅度的操作，即是一種在時間的流程中施展法力的幻術。」

比方說，在這些時間的梅林魔法師之中，托爾斯泰是快的，杜斯妥也夫斯基則是慢的；海明威快，而福克納慢；冷硬王國裡的兩大宗師，漢密特其快無比，而錢德勒則經常性的靜止沉思下來。

快的喜悅

美國大聯盟棒球有個總教練這麼講過：「有時候你用老將能贏球，用新手上陣也能贏球，只是後一種贏法讓總教練看起來像個天才。」

儘管無關勝負，快卻經常有一種難掩的奪目光采，甚至讓人忍不住站起來爲它鼓掌喝采——這正是卡爾維諾津津樂道的原因，他再準確不過的說，快帶來一種「喜悅」，一種心智的極繁華之感，我們感覺它快，是因爲它的速度明顯超越了我們眼睛轉動乃至於心智轉動的速度，我們有點跟不上，一個風景接一個風景，一個意念接一個意念，每一個我們都無暇掌握住它的整體，每一個當下我們都只來得及捕捉第一眼或第一感最鮮明跳進眼裡心裡、因此也是它最輝煌的部分，其餘的只能棄去，這很浪費，也恰恰是大量的浪費才支撐起一種幾乎帶著道德負擔的極盡奢侈華麗之感，讓我們沉浸在一種罕有的富裕之中，你會把這些留在心版上，待事後悠閒的時刻反芻、咀嚼，用自己的想像慢慢補滿你錯失的細節，完成一個「主體／客體」的完滿整體，並構建出意念和意念之間、風景和風景之間被速度所扯開但不絕如縷的聯繫，你參與了，也很得意自己盡了一己之力也做了事，因此，事後良久良久，你還會很滿足很疲憊的呼一口大氣出來。

快，讓一部好小說的書寫者比什麼都像個天才（托爾斯泰和李白，絕不是杜斯妥也夫斯基和杜甫），有天才的瞠目技藝。

這種喜悅，大體起始於一種技藝層面的喜悅，而其最好的完成，卻是一種遍在的人性渴望——快，它暗示了一種掙脫，掙脫什麼？掙脫平常把我們困住的種種物理性和非物理性的限制，從地心引力、自然法則、人之所以有大患的六尺之軀、以及永遠加諸我們身上揮之不去的社會規範和存在枷鎖，因此，它最終暗暗指向一種完滿的自由。

你不覺得，自由的形象是「快」嗎？

快到成詩

然而，風景和風景之間，意象和意象之間，如果說它們的聯繫因爲速度的拉扯而不絕如縷，意思不就是不小心就會叭噠一聲斷開來嗎？哪能每次都那麼準的？

是的，就像圍碁你可以子子相連的「長出」，可以保守的「尖」或「一間跳」而不懼被敵軍切斷，但一旦你要加快腳步的「二間跳」或「大飛」，或甚至像吳清源那樣看起來東一手西一手，你如何維持那必要的聯繫呢？

我猜（大膽的猜，因爲我們無法眞的去問吳清源），吳清源會說，一是下到正確的著點，一是讓子的效能擴大。

吳清源曾說過一段我非常喜歡的話：「當碁子下在正確的著點上，每一顆都像夜空的星一樣閃閃發光。」

在小說的體會之中，下到正確的著點，我想到的是米蘭・昆德拉所說的「寫到核心」，不讓過多壅塞的細節令你寸步難行，把旋律和節奏壓彎掉。準確，是最佳的節約方式。

至於子的效能擴大，圍碁的子，則差堪可比擬小說所用的文字語言符號。我們知道，圍碁最特別之處在於它原則上眾生平等，白子黑子沒有皇后主教、將士車馬之分，它的效能大小完全取決於它和其他碁子的關係而定，每一顆落在乾淨碁盤上的碁子都形成一個力場，相互拉扯相互取得不等的能量，文字的狀況當然遠比這複雜，但它也一樣在長遠的使用和相互組合之中，不斷增加程度不一的刻痕和記憶，也就不斷增加隱喻、想像、擴延的不同能力；而從反向來看，一顆碁子可能在碁盤上死去而失去效能，文字符號也可能通過使用（通常是過度使用）而鈍化，因此，這得仰賴人的判斷和選擇，時時找尋文字和當下現實碰撞的火花。

當文字符號的效能擴大到一個臨界點，文字有著極其飽滿的意象和隱喻指涉能力，那就是詩了——詩，表面上是以體例格式來界定，但其實毋寧說是「子的效能」，是一種文字高速運行的彷彿靜止狀態，因此，它經常性的體現在某些小說和散文之中，而不見得在長短分行的詩裡。比方說，台灣這一二十年之中，我個人在小說散文中找到的詩，比諸出自正牌「詩人」之手要多太多了。

靜止的渴求

但我得老實說，正如我個人不玩雲霄飛車、高空彈跳、乃至於花式跳傘、空中滑板一樣，我對太執迷於快速的小說總有說不出的疑慮，我會渴望在快速中找到一個靜止的點。不管這靜止來自時間的暫時凍結，或高速運轉所呈現一種「不飛不進」的靜止，總而言之，一個可堪駐足沉思之地，我的偏見是，這讓我們不一味漂浮在技藝的享樂之中，而讓人文的思索成爲可能。

技藝的展現甚或技藝的突破當然有其重大意義，但這大部分是對「從業人員」的小說書寫者和研究者說的——對一個「業外人士」如我個人、對一般讀者而言，我們尋求的啓示（不一定是結論或教訓）大體上是人文的，是生命本身的，正如我們並不以爲觀賞李棠華特技團是我們最好的享樂方式。

因此，我也得老實承認，我個人和朱利安・西蒙斯的判斷有著差距，在冷硬的王國之中，我喜歡錢德勒勝過漢密特，我喜歡憂鬱的菲力普・馬羅勝過漢密特筆下這些毋寧更利落、更機智也更沒道德牽絆的聰明私探，不管他沒有名字只叫大陸探員，或山姆・史貝德，或奈德・波蒙特。

儘管在漢密特的一代小說傑作之前說這個話有點不禮貌。

年輕時，我的老師教我一句詩（或該說一則故事），應該是東晉時代吧，皇帝心急催促相隔兩地的妃子或兄弟回來，信上寫的是：「陌上花開，君可緩緩歸矣。」——我的老師白話解釋給我聽：遍地花開了，你應該趕快慢慢一路玩回來吧。

小說沃土的開拓者

《螺絲起子》將是臉譜這組漢密特系列小說的大功告成之作，事實上，這本來也正是當年漢密特最晚出版的一部，一九六六年他死後才由他的紅粉知己莉莉安·赫爾曼編纂而成的。

好啦，這些就是傳說中的漢密特所有小說，傳說中那些整個改寫美國推理小說書寫歷史的里程碑作品——如何？是聞名不如見面呢？還是名至實歸適得其所呢？

那些翻譯不過來的

首先，我們先來說臉譜這批漢密特中文譯作沒能幫大家順利轉譯過來的部分——這當然不是譯書者的失誤，而是隨著漢密特小說的成功，必然遺留在歷史的時空之中的，其中最重要的便是漢密特的書寫文字啓示及其歷史意義，這我們得乘坐史蒂芬．史匹柏或小叮噹的時光機器回到從前，才能順利找到。

回到二十世紀前半期的二○至三○年代。

當時和現在，美國小說書寫景觀的差異是極其巨大的，彷彿開發中國家相對於後工業國家，彷彿鄉村相對大型都會，彷彿罕見人跡的沃野千里相對於開發過度、人口壅塞的櫛比鱗次城市，這是準確閱讀漢密特小說，我們多少得牢記在心的。

彼時的美國，相對於已完全成熟、甚至呈現萎縮的西歐，才是個方興未艾的新土地，因此，在此之前美國的小說家是「書桌朝向大西洋」寫小說的，他們繼承、學習、模仿、並具體付諸實踐的，主要是歐陸的小說大河傳統，畢竟政治上的獨立，相對來說是容易的，只要通過一場戰爭、一次革命行動、一紙合約文件的簽署，成功造成權力來源和結構的當場改變即可，但小說的書寫不一樣，它是「黏」在人的意識、價值、日常生活實況及其嚮往追求之上的，這方面的惰性和摩擦力遠比政治結構來得大來得持重——用今天大家較熟悉的語彙來說，西歐仍是小說王國的「中心」，美國仍是「邊陲」，獨立戰爭既不訴求這個，也無力改變這個。

因此，一個多世紀以來，美國的小說家以「歐風」的新英格蘭十三州爲基調，仍是歐洲式的作家，像愛倫坡、像霍桑（年輕時我一直誤以爲他是歐洲作家）或亨利・詹姆斯。這也正是馬克・吐溫在美國早期的小說書寫中顯得如此特別的原因，他的密西西比河和南方城鎮生活題材，以及坦白直接美國民間生活語言的文字基調，是美國小說走向自身的第一次清晰轉折，但馬克・吐溫是孤單的先驅者，是奇花異草，並未能生養眾多蔚爲洪流如他筆下長達六千公里的豐沛密西西比河，事實上，這也是人類思維歷史慣見的「模式」——兩個奇特單一的個人遙遙走在前面，幾十年上百年之後人類整體才到齊跟上。

這個轉向，一直要到二十世紀的二〇年代以後，才以沛然莫之能禦的豐饒樣式展現開來——這就是漢密特和海明威，以及錢德勒和福克納。

語言走在最前頭

這裡，以漢密特和海明威帶頭，讓我個人評價更高的錢德勒和福克納居於稍後的位置，因爲我們這裡討論的不是他們眞正的小說水平成就，而是喚動的歷史意義。

轉向，必須清楚呈現出決裂的姿態來，要能一眼就能不可避免的辨識出來，因此，題材顯然重要於意涵，形式優先於內容，而其中最有力的斷裂武器便是語言文字。從《聖經》巴別塔上帝變亂人的語言以來，語言便是人間孤立、斷絕、各行其是的第一標誌（我們常說語言是溝通的工具，便是這個斷裂的彌補），語言的強調，通常便是再次確認這個斷裂，從而宣示自身完整不妥協的主權，因此，它總清楚挾帶著或暗中援引了地域性的、國族性的激情，悄悄的連結上政治，就像幾年之前台灣鄉土文學那樣。

漢密特和海明威，在這層意義上，的確比錢德勒和福克納站在更清晰的位置。就像在現實結論之中，公認的美國冷硬派宗師是漢密特而不是錢德勒，代表美國「失落一代」的是海明威而不是福克納。很清楚在小說語言上，以及由語言所直接建構的小說外在表現上，漢密特和海明威顯然風格更強烈而且更本土化，所以說，今天我們對海明威的推崇，包括最內行的馬奎茲和卡爾維諾在內，高度集中在他記者的、明快乾淨的文字風格，以及他在美國小說史的框架位置上；漢密特亦然，半世紀以來，不管推理行裡行外，對他不變的讚譽無非就是，凌厲無匹的文字、強烈的寫實風格、利落的小說書寫技藝，以及美國推理新小說的宗師云云——簡而言之，相對來說漢密特和海明威無疑是更純粹的美國小說家，而其最醒目的特色和成就，便是小說的文字語言，以及其歷史影響和位置。

然而，麻煩也正在於此，敏感點的人可能簡單發現，如果我是一個二〇〇〇年／台灣的讀者，所求的只是安安靜靜讀小說，一不做專業的文學史研究，二也無意涉入英美糾結分合的國族情結之中，那麼，這跟我有什麼相干？英式作家美式作家、歐洲語言美國語言，對我來講不都一樣是舶來的、外國人的嗎？

文字語言的開創意義以及歷史價值，這正是翻譯不過來的東西，遺留在特定歷史時空的東西。

不見得好看的經典小說

因此，這裡我們便碰觸到一個重讀經典小說並非不常見的疑惑了——爲什麼有些大有來頭、文學史的地位一代代被眞實確認的大小說，我讀起來會這麼沒勁？這麼爽然若失？這是個歷史的集體騙局呢？還是我程度低落認不出好東西？

這裡我們願意再舉個更極致的小說史實例，亨利．米勒當年突破性禁忌的名著《北回歸線》。

這是個相當傷感情的眞人實事，扯入了我兩名可敬的老友，也是兩位既熟讀又自己書寫的資深專業小說人張大春與吳繼文——幾年前，時報出版公司譯出了米勒的這部名著，張大春著眼於小說眞實內容的考量，悍然提筆寫成了一篇即時書評，痛批《北回歸線》是一部「爛小說」，嚴重刺激到溫和、兼帶文學編輯身分、一向對文學傳統有著相當虔敬心意的吳繼文，遂公然上演了一場正反兩方的《北回歸線》攻防筆戰。

我得說，純粹從一個讀者的角度，我幾乎是照單全收同意張大春的指控，米勒的《北回歸線》眞是一部爛小說，從頭到尾只見露骨、粗鄙、已屆反胃程度的寫性不休，然而在這一次次性器官滿天橫飛的重複場面之中，既乏表象的深淺層次，更不必奢望有什麼深沉的思省挖掘，人物是假的，小說只重複不進展（我指的不光是表面的情節），外在世界空白如行過曠野，內在心理淺薄如白紙一張，我們只看到一具化身爲「我」會說簡單人間話語的挖土機起重機，每天晚九朝五的挖個不休，無聊到極點。

整部小說就是一根尖利的投槍，目標是書寫當時的社會性禁忌，沒別的了。《北回歸線》有沒有成功呢？有，但成功也意味著終結，就像英國當年的自由黨一樣，當它的單一訴求被滿足，敵人已不存在，便不再有人需要它了——時至今日，我們如果需要更多的性，大可撥空走一趟光華商場，怎麼性怎麼來，而且聲音畫面還兼各種瑜伽特技變化，不必辛苦去翻閱二度空間的、還得從白紙黑字自我轉換成三維實戰畫面的《北回歸線》。

藉由亨利．米勒，我們可能更準確找到了這些「不見得好看的經典小說」的大集散地了。大體上來說，這是一批開拓式的新小說，它被賦與經典的地位，主要在於歷史功績，而不見得是以實質內容取勝，這是兩件不同的事，只是奉歷史意義之盛名，經常性的被混淆罷了。

畢竟，歷史走向的扭轉，往往只是準確擊中某一個點，就像革命行動一聲天時地利人和全到齊的魯莽槍響，其他的，改變條件已然成熟的社會整體現實自然會接手、會從這個有意識或誤打誤撞的突破缺口釋放出巨大堆疊的能量而蔚爲洪流——因此，你要的只是做對一件事，一個新的概念，一次淋漓痛快的語言展示，一場徹頭徹尾、甚至以醜惡爲挑釁的性愛，一名破天荒初次在犯罪世界登場緝凶的女性偵探，一位單單靠著一張白被單就在陽光燦亮的午後冉冉升空而去的小美人兒。所謂的「準確擊中一個點」，白話翻譯成觀看者追隨者的當下感受，大約就是「哦，原來可以這樣子啊，早說我也會」的後知後覺喟歎。眾人皆「早說我也會」，歷史就改道了。

也因此，我個人總玩笑的把如此一組小說稱之爲「哥倫布雞蛋」式的小說——我們大家都聽過這個不知是眞是假的故事吧，話說有人不服氣哥倫布找到新大陸的功勳，哥倫布於是拿了雞蛋請他豎直起來看看（顯然這事不發生在端午的正午十二點），在對手怎麼也無法讓雞蛋直立之後，哥倫布拿起雞蛋，敲破其中一頭（蛋顯然是熟的），簡單讓雞蛋站了起來，不服氣的對手再次抗議，「這樣我也會。」哥倫布只冷冷的說：「我當然知道你會，但問題就在於你不是第一個會的人。」

「哥倫布雞蛋」式的小說是什麼意思？意思有兩面，一是不管你服不服氣，他畢竟就是第一個把雞蛋成功豎直起來的人；二是儘管雞蛋被豎直起來，雞蛋仍只是雞蛋，它的本質內容不會因此而產生質變，變成諸如英國女王的「非洲之星」大鑽石，或米開朗基羅曠古絕今的大衛像。

說到這裡，我們可能可以也應該提醒一下我們的推理迷讀者，尤其是那些花錢參加遠流出版公司一百本經典推理叢書、卻閱後失望不已在網路上痛罵選書人詹宏志的人，你覺得書不夠好看可能是事實，但詹先生其實一沒選錯二更沒騙人，整體書單容或有個人的鑑賞微差在內，但大體都可稱爲推理小說一代代的經典沒有錯，只是，我們現在曉得了，所謂經典，尤其是開創意味的經典，較多這類的哥倫布雞蛋小說，也許我們可以換個欣賞的角度和心情，從推理書寫的長河意義去理解它們，感受並不妨禮敬它們的發見和啓示價值，從而稀釋一部分我們之於實質內容的苛求，這樣是不是會好些呢？

我的老師教過我，「大事化小，小事化無，這是興旺人家的作風。」

小說土壤的沙漠化

但最終我們還是得神經質的再強調一次，小說的歷史開創價值，和其實質內容的飽滿美好與否，是兩件不一樣的事，通過兩種不同的丈量方式，不必然相干。我們這裡做的，是試圖分開這兩者，讓它們各得其所——因此，正確但粗魯點來說，這樣的小說不必然好，可也不必然壞。

有沒有又具開拓意義又好得不得了的小說呢？我想到的仍是賈西亞．馬奎茲的《百年孤寂》，這是拉丁美洲貢獻給整個人類小說史的慷慨禮物，是熠熠發亮的鑽石，也是一部性能最佳最快最平穩而華麗的時光機器，有了它，讓我們重又生出「想像力可以無遠弗屆」的新鮮雄心，這原本是西歐小說進行數百年後已然呈現萎頓的——我個人，純粹個人，的看法是，這最少是整個二十世紀最好的一部小說，我知道有喬哀斯的《尤利西斯》，也有普魯斯特的《追憶似水年華》，但《百年孤寂》仍是我心中的第一。

萎弱的歐洲，和元氣淋漓的拉丁美洲，這讓我們想到什麼？

我想的是一個頗巨大但實在不方便在此多討論的話題，可稱之爲「小說土壤的不斷沙漠化」問題——正像人類的眞實土地，普遍存在著開發過度的逐步沙漠化問題，小說的世界似乎也有著同樣的隱憂存在，輝煌了數百年、結實累累的西歐下去了（可參見米蘭．昆德拉的《小說的藝術》），然後北美也疲弱不振，如今，小說的沛然力量似乎只存在拉丁美洲、東歐乃至於非洲這些所謂的「邊緣位置」，我們不知道這些新的沃土能撐多久不跟著走上沙漠化一途？這會不會是人類整體小說不可逃遁的宿命呢？

美國這片昔日的新沃土，只維持了約三十年的榮景，這是不是沙漠化節奏加快的一種警訊呢？

美國的榮景，正確的來說，便起始於海明威、福克納、漢密特、錢德勒這一代的崛起，也差不多一代而終的衰弱於他們的逝去，他們的出場，對當時已是日落黃昏的西歐而言，正像我們今天看待拉丁美洲和東歐一樣，新鮮、強大、充滿想像力和新世界的陌生驚喜，其間或者各有著不盡圓熟之處，也不免因過度旗幟鮮明而呈現風格化的問題，但整體而言，仍是極其動人的。

今天，在漢密特最後的一本書中，我魯莽的把筆帶到這裡，是一個致敬的心意，我希望能指出，他不僅僅是眾所周知美國推理小說最了不起的開山宗師，同時也是一個曾經美好小說國度的攜手拓荒者，這簡單幾句話，再不說就來不及了。

米涅·渥特絲

系列

近幾十年來，英國推理小說世界有一個重複到令人厭煩的聲音，那就是：誰是一代女王阿嘉莎·克麗絲蒂的繼位者？——這其實可思議也可同情，源於人性，就像NBA迷一直在問誰是麥可·喬丹接班人一樣。

米涅·渥特絲暫時居於此位，是當前英國推理小說的文斯·卡特或柯比·布萊恩。

但我個人不是太喜歡她的作品，總是感覺她在英式推理的類型布局類型人物和外在眞實世界眞實人物的夾擊中掙扎，像《回聲》一書就是最可惜的典型實例，這本書的前半段非常巧妙有味道，路也完全打開了，一度彷彿義無反顧就要探入大倫敦市的流浪漢世界，但最終渥特絲縮了回來，還是給了我們一個太戲劇性的尾巴。

但渥特絲有一種殘酷的力量，半類型半病態的，像《女雕刻家》就是這樣。

終於終於．新的推理女王出現了

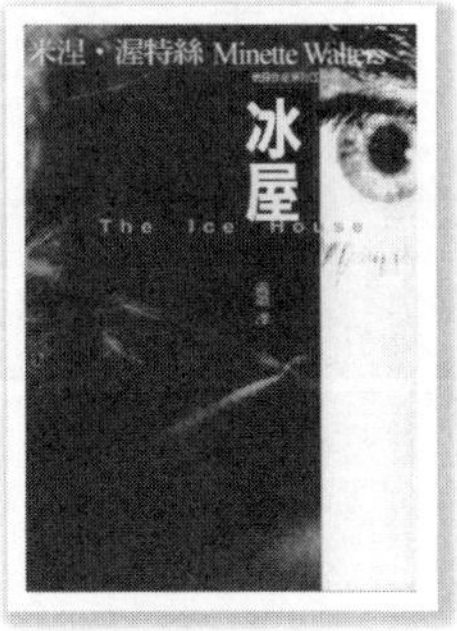

這個年輕漂亮的英國女生，我們叫她米涅．渥特絲，有志成爲推理迷者，其實不可以不曉得她，這是二十世紀末推理世界最大的驚喜。

當然絕不是因爲人家年輕長得漂亮我們就驚喜，就非得曉得她不可，而是因爲她非常非常能寫，世俗的證明如下——

一九九二年，她以生平第一部推理小說《冰屋》，拿下英國偵探作家協會年度最佳新作的約翰．克雷西獎，這才是開始。

一九九三年，她的第二部推理《女雕刻家》直接越過了大西洋，到美國拿了愛倫坡獎的年度最佳小說，並得到「最強有力的」「最歎爲觀止的」絕高讚語。

一九九四年，先知返回了故鄉，她的第三部推理The Scold's Bridle獲頒英國偵探作家協會金匕首獎的年度最佳小說。

這三個獎各自是什麼意思？用台灣今天大家比較熟稔的類比是，一九九二年，渥特絲是Rookie of the Year，一九九三和一九九四則分別是全世界兩個最強大推理小說聯盟的年度MVP——這樣的成就，據我個人所知，籃球場上之神麥可・喬丹也沒能做到。

渥特絲只花了短短三年時間，用了區區三部小說，就拿光了大西洋兩岸象徵偵探小說最高榮譽的所有可能獎項，簡單統一了英美兩國——於是，英美推理世界索性決定把一個非常設性的、代表更高榮譽、而且業已懸缺了二三十年的位子交給她，那就是，一代女王阿嘉莎・克麗絲蒂過世之後所留下來的女王寶座。

是的，推理小說的女救世主，而且還年輕漂亮，眞像一則不眞實的神話。

古典推理的黃昏

推理小說的女救世主，這是什麼意思？推理小說出了什麼不對勁的事情，需要有人來救？

我們這麼講好了，渥特絲接下了克麗絲蒂的位子，絕對不是說她的小說是當年克麗絲蒂的翻版，事實上，這兩代女王的書寫風格和關注焦點完完全全不同，渥特絲所代表的，正是新一代英國推理小說的新發展和新走向，這才是她最可貴之處，單純的襲踵前人，當然只能是二流的，遑論一統天下。

之所以要強調古典推理的新發展新走向，很明顯透露了古典推理一百五十年來的傳統書寫方式，已遭遇了空前的困難，更準確來說，是困難到幾乎已無以爲繼的地步。

困難是怎麼發生的呢？簡單說，是古典推理所賴以維生的所謂謀殺詭計，經過一百五十年的全球過度開發，早已瀕臨枯竭的地步——這是很可思議的，新推理小說的需求每天每時都在發生（有沒有人想試著統計一下，光是英、美、日本、歐陸，每年要生產多少篇推理小說？），但和經濟學賽伊法則不同的是，如此強大的需求並不會自動創造供應，像回事的殺人詭計說穿了就那麼多種，推理小說家絞盡腦汁騰挪、變形、掩飾以及交叉使用，畢竟也有其彈性限度，這些年來，閱讀量稍大、對前代推理名著有基本認識的推理迷，總油然而生某種疲乏之感，新小說寫來寫去、看來看去，總是不脫前代大師如柯南・道爾、如阿嘉莎・克麗絲蒂早已寫過的那幾套。

因此，本身既是古典推理創作大師，又是最重要推理史家兼評論家的朱利安・西蒙斯，曾如此憂傷的斷言，古典推理看來已走到絕路了，推理小說要有新的機會，可能得走向美國革命所帶來對犯罪深層探索的所謂犯罪小說，相較於古典推理土壤的沙漠化，這裡還堪稱可待開發的沃土，畢竟，殺人方法有時而窮，而犯罪自古長存。

這種時候你需要個年輕人

這個古典推理的憂傷診斷和大膽預言看來都是對的。

直接從現象來看，最明顯的莫過於古典推理總山頭的英國推理小說在近些年來清清楚楚的轉向動作，我們從當前英式推理的代表人物如P.D.詹姆斯等人的作品來看，不困難就能察覺這整個配套式的變異：書變厚了，書中的人物角色深化了也豐腴了，詭計和書末破案解答的重要性，逐漸被犯罪心理的深層探索和描述所取代。

儘管如此，歷史的經驗告訴我們，在此種新舊交替的惱人時刻，年紀較長的人總不免有進退維谷的撕裂之感。一方面，他們在理智上洞悉變化之必需與必然，非個人的意志所能轉移；但另一方面，他們不免對自己認真相處數十年的昔日故土有種種的眷念不捨，包括記憶、驕傲、情感、以及新事物撲面而來難免挾帶的種種泥砂和殺戾之氣有排拒之心。

這種時刻你需要年輕人。

當然，這種時刻的年輕人往往也可粗分為兩種，一種我們可戲稱為「壞的」年輕人，他們執行的是類似推土機怪手的功能，以拆毀夷平為己任；一種我們相對可稱之為「好的」年輕人，他們貢獻出可堪取代、並成為往後發展基石的東西。年輕且活力勃勃的渥特絲很可能是後一種，她沒有老一輩昔日榮光的沉沉包袱，直接且強悍的踩上這新潮頭的頂峰，毫不畏怯的宣告新時代正式到來。

從不定冠詞到定冠詞

首先，渥特絲放棄了固定的破案偵探，更遑論從柯南・道爾「福爾摩斯＋華生醫生」以降的對比討巧設計方式，這當然使得她的小說犧牲了讓讀者有情感投射暨黏附的先天優勢，但她因此也換取到一次又一次重新凝視每一宗特殊罪案的自由。

當你對每一宗罪案做如此專注且各從其類的凝視時，謀殺便不太可能被簡單化約成僅僅是一種悠閒優雅的遊戲而已，而是在冷凝不可撼動的社會底層流竄不可收拾的強烈激情——渥特絲筆下完全不見那種維多利亞式的貴族氛圍，她的小說激烈、現代、強大雄厚、帶著「左岸」眼光，甚至，呃，有點殘忍，這說明了美國人爲何瞠目結舌的用「最強有力的」「最歎爲觀止的」這樣的重話來讚譽她。要知道，類似的評語，這整整半世紀以來，一直是他們用來護衛自己本土的冷硬犯罪小說，並用來嘲諷英式古典推理的最有力武器。

凝視事物，其實很像抬頭凝視夜空的星星一樣（當然，很久以來住台北市的人就喪失了這種樂趣和經驗了），剛開始你只能看到一等星二等星三等星，但隨著時間過去，瞳孔逐漸適應，更小更弱的星星會古怪的一路不停浮現出來，最終你甚至會清晰看到遼穹宇宙只如一小團鬼魅白氣的星雲星團銀河云云——你看得愈久，就會看得愈清楚。

一宗罪案看得夠久夠清楚，同樣的，你不會只大而化之看到所謂的「凶手」「被害人」「嫌犯」等宛如一等星的概念身分而已，人的獨特性和不可化約的細膩肌理會一路浮現出來，就像雪花一般，儘管乍看同樣有著六角結晶的極其類似外表，但我們知道，那些仔細看過的人告訴我們，打從亙古以來從來就沒有任兩片是眞的一模一樣的。

再看下去，你也會進一步看出這一宗罪案原不是懸空的、超越於我們人生基本經驗之外的，相反的，它往往和我們的當下現實有著隱藏、但強而有力且無可替換的聯結。如此的察覺，很自然會逼使我們回頭來檢查我們當下的社會，當下生活的城市，當下的規範和意識形態局限，因爲我們知道，唯有通過這樣有點煩有點累的思維過程，這麼一宗罪案才可能得到比較準確比較完整的解釋。

所以在渥特絲筆下，人是有現實色澤的，不單單只是個薄薄的剪影而已；大倫敦市也是有現實色澤的，由可觸摸的實體和我們可感知的欲念、挫傷、想望和悲憫所交織而成。它再回不到古典推理傳統那樣的「一件凶案」「一個被害人」和「一個凶手」，而是「這件罪案」「這個被害人」和「這個凶手」——用英文基本文法來說，渥特絲用的不是泛稱的不定冠詞「a」，而是特指的、會讓人一頭栽進去的定冠詞「the」。

是神是魔

然而，渥特絲這名年輕女王的出現，是否眞的兌現了先知朱利安・西蒙斯的曠野預言，從此帶領流離失所的推理子民找到了流滿牛奶與蜜的允諾沃土，在其上建造新的安樂王國呢？

我個人的猜想是不一定，因爲渥特絲所領頭的這道路對類型小說的書寫而言，有著相當的凶險，並不容易跟隨——笑問蘭花何處生，蘭花生處路難行。

從愛倫・坡到柯南・道爾到阿嘉莎・克麗絲蒂，英式的古典推理成功打造了一個「一件凶案、一具屍體、一群嫌犯、一名神探」的方便好用書寫格式，讓後來者很容易跟隨、入門並複製。作爲一個後來的推理小說書寫者，你並不需要準備太多，你不必對人有太複雜準確的理解，你不必對周遭的環境有太多的知覺和反思，你甚至不必太認眞面對自己，做嚴重的深向自我挖掘，這些在書寫古典推理不見得用得上，更多時候可能會妨礙了效率和「輕靈」，你眞正需要的其實只是一點必要的聰明和狡獪，安心的在一個前人設計好的框架中，塡入一個整人式的惡作劇謎題就行了，說來就連太好的文字感知和駕馭能力都不用，因爲沒有什麼太微妙太難以捕捉的東西等待你表達。

如此簡單易學，使得英式古典推理成爲類型小說世界最偉大的發明，讓它在時間中穿透了一個半世紀之久，在空間上佔據著近半個地球——倒過頭來說，古典推理的成功，也可讓我們回溯推論出它的書寫和閱讀必然有其極輕靈簡便的本質，就像家電、汽車者流的普及化，必然和它的日益簡單好用有關，很少人會去買一部需要學個三年五年才開得了上路的車，或需要上百個操作步驟才會幫你洗一件內衣的洗衣機。從這一點來看，今天電腦的成就離宏碁老闆施振榮心中那種眞正的普及還遠得不可以道里計，今天，電腦靠的是新彌賽亞的神話（「有了電腦就有了未來！」）和末世恫嚇（「明天新工作發生時你會在哪裡？」）的純宗教手法，但這一招不會一直管用下去的。

而渥特絲所做的，卻是顚覆掉這個簡易書寫公式的絕大部分，把概念化的角色再次還原成有現實肌理的人物，讓推理小說進一步向正統小說的書寫靠攏，正統小說的書寫，相對來說，當然是難度較高的書寫方式。

若從推理小說的記憶來說，她繼承的是克麗絲蒂的人間女王寶座，但她的寫法毋寧更接近克麗絲蒂的昔日瑜亮敵手約瑟芬·鐵伊。

約瑟芬·鐵伊？這會是一道人人可樂而行之的通衢大道嗎？

好消息與壞消息

同樣的，渥特絲的出現，也爲作爲推理王國另一端的人——推理迷——帶來吉凶參半的信息。

好消息是，作爲一個推理讀者，最幸福的一件事莫過於，你找到一名好的作家，可以持續的把自己的閱讀放心投資下去；而更幸福的是，這個好的作家仍活著，而且還非常年輕，會二十年三十年寫下去，你一次認識，可保用個好幾十年。

壞消息是，你的閱讀不再能像昔日那樣寫意沒有負擔了，你需要一點點準備和耐力，你所面對的不再是個圓滿、風平浪靜的世界了。

也許，你該做個抉擇吧！

從左下方看

我有一名友人，年過半百，眞實不打折扣的經歷了整整半個世紀的現實艱難人生，他喜歡兩手一攤，帶著一種世故、世故堆積出來的洞見、洞見之後必然的無奈、無奈多了衍生的豁達，說，「沒辦法，事實就是這樣。」

聽久了，我難免會想，事實眞的一定非這樣子不可嗎？

如果事實只是這樣子，那托爾斯泰的小說早在一百年前就已然客觀存在，是一種沒被更動過的事實如此，那爲什麼這一個世紀來雖不至於到言人人殊的地步，但確實也不斷有新的洞見、感受、詮釋和主張呢？

或者，我們該抬頭看看我們頭頂上這顆也照好人也照歹人的老太陽。這傢伙更是打人類出現在這個行星以來就已然客觀存在、沒改變過（就算它其實一直在燃燒改變，也非我們肉眼可能察覺）的事實如此，但爲什麼有人看到的是神、是金馬車、是烏鴉、是嵌在天頂一顆最燦亮的寶石、是繞著我們自強不息的忠實謙卑星球、是宇宙的中心、是廣漠無垠星空的一粒微塵呢？

所以說，事實極可能不是非這樣子那樣子不可。這裡，我們暫且不進入「你看到的綠色是不是和我看到的綠色一模一樣？」這類麻煩的認識論問題，我們想說的只是，「事實」通常太龐大了、太多面了，而且往往自我矛盾不成秩序，你看它的位置或角度不同，追問它不一樣的問題，往往就會得到不盡相同、甚至完全背反的另一種「事實」。

好，我們繼續來看米涅．渥特絲，以及她迥異於前人的新古典推理走向。

左下方的人

《女雕刻家》，就是這本書徹底打掛了美國人，拿下該年愛倫坡獎年度最佳小說——看過書的人不難知道爲什麼，這本書長得極像美國當代著名的驚悚小說及電影《沉默的羔羊》，是推理小說中一記結實有勁、可應聲擊倒人的punch。

上一回的《冰屋》，我們談到了渥特絲放棄了固定的偵探，從而爭得一種個別且重新凝視不同罪案的自由。得到這個自由，她凝視罪案的位置和角度也就靈活起來，有所改變，從而，老倫敦的罪案也就呈現出不一樣的長相、內容和意思。

如果一定要用簡單的話來講渥特絲的不同位置和角度，那我個人會說，她是從左下方看的——就社會階層和財富地位來說，是下方；就政治光譜和社會主張來看，是左邊。我們都曉得，歐洲從工業革命前後以降，這個「下方」和「左邊」一直有著趨於同一的傾向，很多時候它們只分別代表著不同的面向而已。

在《冰屋》一書中，渥特絲通過兩個人的眼睛來看這個罪案和世界，一個是階層並不高且滿心憤世嫉俗（左邊的標示之一）的警佐，一個則乾脆就是個「女性主義者、左翼分子兼前共產黨員」的激進女性。在《女雕刻家》中，女性的角色稍稍提升也緩和了些，成了個滿心正義感的年輕女作家，但男警察的角色卻往下探底，成為一個退職的、充滿不安全感和攻擊性的前警員，並加上一個肥胖、凶暴但聰明絕頂的弒母殺妹女凶手。在她的第五本書《回聲》中，則整部小說轉入了無家可歸的流浪漢世界，負責探入並揭示的，則是左派雜誌編輯出身、極不得志屈身在煽情小報混生活的男記者。

這些人，當然和過往古典推理那些習慣住右邊樓上的福爾摩斯、白羅、布朗神父、溫西爵士等大不相同。

3%的失業率

有關這上下景觀有差異，我們知道，但通常會是怎麼個差異法呢？這裡我們來舉個例子，或說是做個類比——近些年台灣失業率的攀高似乎一直有蠢蠢欲動的跡象，我們就拿這個來試試好了。

讓我們設定失業率爲3%，一個稍微曖昧的數字。

3%失業率，就習慣宏觀的古典自由主義經濟學來看，儘管有著警訊，但並非什麼大不了的狀況，因爲這不僅仍在整體經濟的「可容忍」範圍之內，而且我們很容易想到，台灣近幾年來一直處於經濟轉型的階段，新企業崛起，昔日的傳統企業出走或關閉，一定比例的摩擦性失業的出現，不僅合理，而且毋寧是健康的，因爲勞動市場也是自由經濟市場的一環，一樣受著市場供需機能的自動調節作用，透過這個調節作用，市場把資源（物質的、人力的）引導到最需要或說最適宜的地方去。失業率的有限攀高，正代表市場機能正在起作用，是調節過程中暫時的必要代價——如果我們有幸不在那3%之中，這當然是愉快且有鎮靜人心神平和的好說法。

更堅決的古典自由經濟主義者甚至會告訴我們，在這個階段，我們最好別輕舉妄動做什麼（包括實物的或代金的救助云云），因爲這可能會扭曲了市場的機制。

然而，這3%可以代表另一種意思。比方說，如果台灣正常的就業人口爲一千萬，換算出來失業人口爲三十萬整，也就是說這當下有著整整三十萬人陷身於窘迫或甚至生計困難的狀況，而且其中有相當高的比例，不僅僅代表他個人，還代表他背後一整個家庭——我們很清楚尤其是四十歲到五十歲原先職位要高不高要低不低、難以再找新機會學新技能的失業人口代表什麼意思，他可能還有個老母親，一個結婚以來只做家事和帶小孩的妻子，以及一到三名學齡中遙遙無期的子女，還有因買房子時機不好而不曉得付到何年何月的沉重貸款。

從個體的、微觀的，或直接講，從小說家的角度來看，很可能這一個故事便代表了一部《塊肉餘生錄》，三十萬的失業人口故事，夠供巴爾扎克寫數百篇他描繪人間悲傷百態的「人間喜劇」了——這當然是極令人不愉快的、甚至掩耳不願聞的看法。

中產階級的暴政

美國已故的老太太占星名家古德曼女士，在描述女性獅子座那種溫暖、具同情心但永遠有著不變的貴族氣息時說，「她很樂意寄支票來救助窮人，但她絕不願意走進貧民窟一步。」

我常想，這哪裡僅僅是每年陽曆七月二十三日到八月二十二日出生的女性如此，這簡直是有著好教養、有同情心的社會絕大多數人的基本傾向——一些教養不好、同情心不夠的人還不包括在內，他們只做後者「不踏入貧民窟一步」，至於前者「寄支票給窮人」那是想也別想。

生活在今天的台北市，尤其是生活過「魄力十足」前市長陳水扁主政四年台北市的人，對這點人性還看得不夠嗎？記憶力不好的人可回頭去翻翻老報紙老雜誌，重新溫習一下十四十五號公園預定地拆除（不能稱爲拆遷）經過，以及更近的公娼廢除處理；或跟二一〇〇全民開講的李濤商量一下，調借他的帶子重新聽聽那些「寧可殺錯不可放過」的叩應意見——這可稱之爲「中產階級的暴政」。

遺憾也弔詭的是，對這方面「記憶力不好」的人，通常也就是「不願踏入記憶的貧民窟一步」的人，因此很自然，他們是絕不願再翻老報紙老雜誌去重新面對那些不愉快的事的。

做個類型小說讀者

讓我們別生氣了，回到渥特絲來。

我想，在她選用了如此左下方的人物角色和觀點，她的小說便注定了不會讓人愉快，畢竟，小說書寫歷史上唯一較令人舒適的左下方寫法已回不來了，那是一百年前，一批來自右上方、但充滿人道悲憫的人（如歐文、托爾斯泰、克魯泡特金等），初次進入左下方世界的某種溢美錯覺，他們那種「高貴的野蠻人」「高貴的窮人和流浪漢」的民粹觀點，已不再有多少人還當眞了，取而代之的基本上是「他們中間充斥著惡徒、騙子、酒鬼和各式卑鄙猥褻之人，但他們仍應受到關注、理解和同情——如果同情這個詞不顯得太高傲的話」。

所以說在上一部《冰屋》的引介文字中，我個人曾提出懷疑，不太敢相信渥特絲這種寫法，會成爲習慣爐火邊愉悅氛圍古典推理的新主流，她「英國式」的左下方寫法儘管和眞正深入罪惡下層世界的小說仍有一段距離，但光是這樣觀看位置和角度的不同，已使得她的小說太刺激太令人不舒服了，我們願意同情她筆下的人物和世界，必要時我們也願意寄支票，但我們就是不太樂意浸泡於其中。

我們會比較樂意昔日古典推理完全來自右上方的觀點：犯罪只是社會的偶然失序行爲，我們伸個手矯正它，社會自然會回到穩定、愉悅且符合正義的基本狀態；甚至，就連如此涂爾幹式的老社會主義觀點都可不必動用到，因爲書中的犯罪並不代表眞正有人犯罪，那只是劇情需要，「有死人才有故事可看」，這樣的死人，並不會把我們眞帶入罪惡的世界之中，正如這樣的窮人，不至於眞逼迫我們探入貧民窟之中一樣。

最終極的說法是，我們只是在閱讀類型小說而已，不必太認眞。

我喜歡而且欣羨這樣豁達而且靈活可分割的閱讀方式，也眞誠建議做得到的讀者採用它——然而，我得承認我個人是做不到的，我沒辦法封閉一部分的思維和感受機能，從而在這一刻只扮演「類型小說讀者」，在下一刻再復原成「完整的正統小說讀者」，你存留的記憶總會讓你的思維和感受輕易穿透出去，儘管那令你並不舒適。

當羅曼史撞上了死亡推理

前一代的推理小說女王阿嘉莎・克麗絲蒂以繁複到幾乎令人不耐的推理迷宮和出人意表的凶手著稱於世，自詡聰明的讀者看她的作品很容易有挫折感，但她也並非全然不可擊敗的——儘管說起來手段有點不光明。

熟讀克麗絲蒂小說的讀者應該會發現，在她的嫌犯名單中經常性的出現這麼一號人物：男性、俊美、聰明絕頂、行事乖張全然不把社會規範放在眼裡、渾身上下充滿著邪惡但極其迷人的況味，大體估算起來有一半一半機率此人就是冷血、甚至玩弄女性感情以遂行謀殺圖利的壞胚子凶手；另外的百分之五十則恰恰好相反，這是個飽受世人誤解、甚至干冒凶手嫌疑亦在所不惜的內心高貴騎士，二選一。

這個神魔二分的男性角色既然在克麗絲蒂小說中佔有如此醒目的位置，想來，在原作者心中必然有其出處。我猜，這應該就是克麗絲蒂首任丈夫的化身。

了解克麗絲蒂生平的人都曉得，她曾有一次殘破的婚姻和一小段近乎她筆下懸疑世界的經歷，她的首任丈夫拋棄了她，令她悲痛欲絕，且事情發生時她神祕失蹤數日，然後，她不明所以的出現在某個小旅館中，對這幾天的事彷彿失去了記憶。

對一個情感在生命中扮演不可替代要素、但偏偏一生中總難免有錯誤愛情故事的室女座女性而言，暫時性的失憶只代表這段創痛會終其身徘徊她心中不去——至於這個人在小說中的實際造型是神是魔，則端視她提筆構思那一刻的心情而定，看是愛之欲其生或惡之欲其死。

而克麗絲蒂這樣對情感狠不下心的性格，也替她的小說掘開另一個小缺口——她總是希望她小說中眞心相愛的男女有好的結局，因此，她筆下神探，不管是大鬍子白羅或老太太珍·馬波，所眞心撮合的男女，絕不可能是凶手。其中最有意思的一次是珍·馬波小姐的探案（恕不言明是哪一部），老太太打開始就憂心忡忡的對她所疼惜的年輕女孩說，若命運乖蹇，他日有極不如意的打擊襲來，請記得堅強回到自己所愛的老家牧場，犬馬相伴——讀小說的人當下就完完全全明白了，原來這個女孩的男伴就是凶手，這不過又是克麗絲蒂所了解的「好女孩總是愛上壞男子」的古老悲傷故事而已。

戀愛從對抗開始

這一代的推理小說女王米涅・渥特絲有沒有也留給讀者如此不經意的線索呢？——我個人尚未發現。大體來說，她的推理迷宮不像前女王那麼巨大堂皇，凶手候選人也不像前女王筆下那般浩浩蕩蕩動輒十幾名，然而，儘管迷宮小、嫌犯有限，凶手是誰依然難猜得要命，原來渥特絲的迷宮牆壁有著機巧存在，它有時裝了凹凸不等的鏡子，會扭曲形象製造錯覺；它甚至會移動，讓你認不得已經走過的路。

然而，渥特絲畢竟還是不經意留下另一種蛛絲馬跡——有關渥特絲小說，我個人所聽過最準確最一針見血的感想是，「她書中哪一對男女會談戀愛，總是一眼就看得出來。」

的確如此。

讓我們回憶一下，像《冰屋》不就是女權主義者安・卡芮爾和前來查案的麥羅林警佐嗎；像《女雕刻家》，則是女作家蘿莎琳・蕾伊循線找到去職警官黑爾所開的小餐館。渥特絲總習慣讓她書中這對注定得談戀愛的男女從高度緊綳的對抗開始，像兩隻對叫示威的貓一樣——順此要領，你也同樣不難猜到這本《暗室》又該輪到哪兩個談戀愛了。

來自不同的國度

渥特絲的天機洩漏，我個人的解釋比較簡單無涉風月。我們看她的生平，知道她在推理世界是大器晚成型的人，如美國的雷蒙．錢德勒，寫推理之前相當長一段時間，她身分是編輯，負責主編羅曼史小說。

羅曼史當然和推理小說極其不同，甚至好些地方逆向行駛。

相較於推理小說的躲躲藏藏裝神弄鬼，羅曼史極可能是地球上眾多小說中最透明最按著軌道運行不息的一種。基本上它什麼都不隱瞞，包括一開始（哪兩個負責談戀愛），包括最結尾（一定歷經考驗誤會冰釋過著幸福快樂的生活），讀者唯一不確知的，便只有當中這個你追我跑的戲劇性過程，然而，這個過程其實也建築在一個堅實的已知基礎之上，那就是，請放心，不管怎麼瘋怎麼鬧怎麼不可收拾，男女主人翁的「安全」問題是毋庸顧慮的，他們會中了邪般屢訓不詁，卻永遠不會眞的愛錯人更不會上錯床——正確來說，男方有時候會（當他是個外表放蕩但內心高貴不爲人知的花花公子型人物時），但對男性沙文主義所統治的羅曼史而言，這點無損於愛情的純淨，至於女性犯同樣的錯則絕不可以。

而相較於推理小說的理性，規條嚴整，羅曼史則是非破壞理性不可的玩意兒，因爲，我們容易把人的理性體認爲「計算」「條件」「保守」「一成不變」云云，因此，它在羅曼史中以歹角反派的身分出現，轟轟烈烈的戀愛要完成，這理性就不能留著，所以女主角要在眾人皆曰不可的情況下，堅毅無悔的去愛（而且最終證明她是對的），有著全球億萬富豪排名繼承權的文武全才男主角（不僅有牛津劍橋哈佛耶魯學位，而且通常還是運動天才，或有著非凡的音樂藝術天賦），則爲了個窮女孩不惜放棄身分地位，只因爲羅曼史的愛情通常上升到宗教的層次，有一套淨化儀式得完成，儀式需要獻祭，理性於是扮演著祭品，才能讓唯一的戀愛大神悅納。

然而，羅曼史和推理倒也有相似之處，那就是，它們二者同爲到此爲止最成功的兩組類型小說，擁有最多數量的作品和讀者，遙遙對峙，像兩個聳立的巨大山頭。

渥特絲的厲害正在於此，她舞筆如揮舞著神奇的魔杖，讓這兩個巨大的板塊轟然撞擊在一起，造出屬於她一己的寫作高峰。

正常的證詞

這裡，我們得回到前面所提過的渥特絲迷宮之牆的機巧問題。

和先代女王克麗絲蒂最大的不同，我個人以爲是，渥特絲的推理中，你幾乎找不到堅實可靠的定點，所有作家所提供的已知條件都是閃爍的、漂浮的、踩不住腳的——我們就以「證詞」這個推理小說中最重要的推理依據來說，在長期的推理傳統中，證詞基本上是「可信」的，就算某一小部分的異常證詞是欺瞞的，通常也有跡可循並提得出解釋，比方說親人的護衛或共犯的僞證等等，是正常推理軌道而外的小小干擾和雜訊。但渥特絲完全倒置過來，她筆下的世界幾乎不見客觀公正的第三人局外人，每個人都主動或被動的被捲入事件之中，每個人都懷著程度不等的奇怪心思或惡意而來，包括古典推理中通常被「透明化」的警察在內。換句話說，沒有一片鏡子是乾淨忠實的，若有所謂正常的證詞存在，這裡「正常」的意思也是不同程度的扭曲，你不能照單全收，更不能一概視之爲眞，並據此安心推理，你得不斷懷疑、交叉、排比，並仔仔細細過濾，像純度不高的礦石一般，其中可能有你要的眞相，但你得費九牛二虎之力，才結晶出一點點來。

從客觀確鑿的證據，到客觀性的動搖乃至於崩解，再到今天連科學領域都不再相信「證據自己會說話」，而傾向於認定證據不只說一種話，得依賴人的判斷和解釋，這樣的變化在人類的思維歷史上，自有其清楚的軌跡可循，然而，我們不免也附會的容易想到，在渥特絲原本所熟悉的羅曼史領域裡，這也無非全無出處，畢竟，在愛情裡存在著欺瞞、猜忌、妒恨、護衛等等諸多奇怪的心思，本來就是再正常不過的事，你要問什麼是正常，這就是正常。

如果說，在愛情的兩人世界中（好吧，就算有三人或四人），都有那麼多爾虞我詐的花巧遊戲可玩，渥特絲在極有限的嫌犯名單中搞出這樣的迷離幻境的殺人迷宮，當然也就沒什麼好奇怪了。

最終的獰笑

然而，公正的來說，如果眞認爲羅曼史加推理就會自動等於渥特絲的小說，那不僅不正確，簡直是污蔑了渥特絲，也污蔑了英美兩大推理王國對她的驚訝和敬意了——我們沒理由一口氣得罪這麼一大票人。

就我個人的閱讀而言，我以爲渥特絲小說中各種證言的不確定性，甚至同一個被觀察對象呈現出相互背反相互排斥的看法（比方說，在這本《暗室》中父親這個人究竟是善是惡是神是魔），不只來自觀察者說話者的有意扭曲而已，即使我們和被觀察對象（尤其當他是個完整的「人」時）並不存在著任何的利益糾葛，我們的理解仍受限於我們的觀看位置、角度、我們的意識形態和眼光穿透能力的制約，以及最最根本的，被觀察對象本身的複雜多面和不可穿透性。

理解一個人多麼困難，理解一個眞相多麼困難。

在渥特絲的小說中，習慣留下一個無法令人完全安心的尾巴，這當然可簡單解釋爲類型作品的某個制式結尾（想想看有多少的好萊塢電影的最後一個鏡頭這麼搞法），然而，當我們一步一步涉過渥特絲筆下這些扭曲不確切的人性及其陰暗角落，以及永遠不可能被眞正掌握在手的最終眞相，這樣的結局便不止是某種噱頭式的預留一筆而已，而成爲一種極其合理的永恆疑惑——一個案子可以有「一刀切」的完成必要，但我們對人性的偵知和困惑卻不可能有完成之日。

渥特絲的小說便永遠留給你一抹如此不寒而慄的獰笑。

微弱的回聲

老實說，這部《回聲》才是我個人閱讀渥特絲小說的第一本書，但因故沒有念完，我當時所知像一則出版社吊讀者胃口的廣告介紹詞：在倫敦的高級住宅區裡，也就是說全世界最富裕的城市之一裡最富裕的地點之一，居然餓死了一名流浪漢，之所以說「居然」是因爲：一、在這個舉目都是有錢人的地點，隨隨便便都能討到吃的或錢，別種死亡還可思議，怎麼會有人餓死？二、流浪漢陳屍的車庫裡就有儲藏食物的冰櫃，若說他沒發現以至於餓死便也罷了，偏偏冰塊部分又有被動過的痕跡；三、就流浪漢的習性而言，他們一般都有固定的遊蕩覓食範圍，他爲什麼會跑到這裡來？四、該流浪漢兩手手掌都有嚴重燒炙過的痕跡，指紋部分完全被破壞，無從由此追蹤他的身分，他是否有不爲人知又想湮滅的不堪往事？

然而，疑點歸疑點，流浪漢畢竟只是個流浪漢，我們曉得，在紐約、巴黎、倫敦這些流浪漢已成固定族群的現代大都會中，每年尤其是冬天，各種原因死去一批這類無家可歸的可憐人，已成例行公事，連掉淚都可省下來，更何況又沒有明顯的他殺嫌疑（這使我們想起台灣某電視頻道名主播說的：「這件慘絕人寰的分屍案可能有他殺的嫌疑。」），當然也就很快從新聞下檔不了了之。

之所以敗部復活，是因爲一名奇特的記者堅決涉入這件事——這是一個左翼雜誌出身，如今棲身一個煽色腥的小報，於是更加憤世嫉俗的不快樂知識分子。流浪漢在高等住宅餓死，不僅是個鞭撻社會的缺口，更是個充滿犬儒嘲諷的象徵，於是他決心探入兩個對比強烈卻又被莫名勾聯起來的不同世界：一個是有錢有閒卻滿是腐朽氣息的有錢人世界，一個則是如蜉蝣般朝生暮死的流浪漢世界。

我的初階段閱讀就到此暫告一段落。

真相的湮滅

一個笨問題：如果不是鬼使神差，正好有這麼一個有著奇特心思的人堅持涉入，那又會是個什麼光景呢？

答案是：那大家就沒戲唱了，不僅沒有了渥特絲的這本《回聲》，絕大多數的推理小說也都蕩然無存了。事實上，這正是推理小說一直弔詭存在的一個令人不寒而慄本質，在書末圓滿破案的同時，我們很容易也想到，要不是這個人有如此異於常人的聰明、敏感、決心或正義信念，甚至不惜個人榮辱乃至於生命身家安全一搏，在「正常」的狀態之下，我們如何能得知事物的眞相呢？

也就是說，推理小說似乎有意無意間指出，太多的眞相，尤其是事關駭人罪惡和社會正義的必要眞相，其實是不絕如縷，連啪噠一聲都沒有就會斷的，儘管我們社會層層疊疊設置著各種調查發見的機制，包括司法系統和傳媒，但它們通常不會自動去發掘，它們會放由這些事自然消失，或更糟糕的，促使這些事快快消失。因爲這些機制是爲著所謂「社會大眾」而不是某一個單一受害個人而設置的，如果這個單一受害者的眞相，並不符合社會大眾的想法和利益，從結構性來看，這的確可以是「不干它們的事」。

要稍稍解釋一下的是，這裡所謂的「不符合社會大眾的想法和利益」，指的不單單是尖銳性的無關、冒犯或威脅到社會掌控者所代表的主流利益和價值，從而遭到抵制或懲罰，就像你觸犯李登輝或國民黨會被查帳、監聽、圍剿、乃至於調查司法人員找麻煩要你知難而退；更心平氣和包括你我一般平民大眾的基本人性想法，社會大眾一般不會刻意去抵抗眞相的揭示，社會大眾最常見的只是沒興趣和遺忘，比方說他們寧可關心吳綺莉肚子裡的小孩是不是成龍的，或記得哪個小明星又出了本清涼寫眞集云云。

因此，這麼說不是指控，毋寧是一個簡單的事實陳述，也正因爲只是事實陳述，所以常常令人更頭大甚至灰心——我個人一直認爲，這是現代社會，尤其是奠基於複雜大城市生活的現代社會一個難以撼動的本質，因爲你要對抗的不只是權勢者的私心和惡意，而是連你自身在扮演城居公民時都存在的普遍人性。

為惡的自由及其他

眞相的揭示既然是比較困難的，人爲惡的空間自然也就放大並某種程度得到鼓舞，這是現代城市社會的複雜縱深帶來的強大掩護。

怎麼掩護呢？正如班雅明所說的，推理小說的本質是消失於人群中的個人痕跡。當個人痕跡總是轉過一個街角就被城市所呑噬時，這裡我們便解除了一個「被人看見」的監視系統，這個監視系統在現代城居社會被建構起來之前，大體上一直是存在的，比方說，二三十年前台灣普遍的鄉居生活形式，或如田納西·威廉筆下的美國南方小鎭，這裡，一條主街穿透著所有不設重重門鎖和簾幕的開放家庭，加上街角一家雜貨鋪子以及必備的教堂或廟宇作爲人們群聚並交換各種傳聞流言的集散地，因此，不只是那個賣雜貨的老太太總其大成的宛如一部小鄉鎭歷史百科全書，這裡，正如東尼·席勒曼所愛說的，「每個人都知道所有人的所有事情。」這樣清可鑑底的透明性，便構成一個現代科技再發達也無從提供的全面監視系統，你要安然的生於斯長於斯，便得把自身的祕密壓縮到最小範圍，否則指指點點如芒刺在背的日子是很難過下去的。

因此，犬儒點來說，所謂的倫理綱常其韌度便有了可靠的保證——一般我們總容易察覺出大城市是比較多惡事的，從而感慨世風不古，倫常不再，人心愈變愈壞云云，但我們得稍殺風景的指出，所謂倫理綱常的建構，光靠人的善念可能是不具足的，儘管它在概念上偏於道德而相對於法律，但它仍得仰靠一組監視系統才能運行不悖，這個監視系統我們容易理解爲「人在做，天在看」的宗教性自律機制，但其實更多時候，它是「天視自我民視」的祕密交換之下某種程度意義的恐怖平衡。

而倫理綱常的逐步失衡崩落，是城市的複雜不透明瓦解了這個有效的監視系統，從而人滅得掉自己的痕跡，鎖得住更多的祕密，當然也包含了做惡事的痕跡和祕密，所以很多原來不能做但實在很想做的事情都成爲可能。我們可以把它看成是人心的敗壞，但一樣可以把它看成是人心的解放。

應該有人記得田納西・威廉劇本的永恆主調：一個小鎭的年輕女孩，不再願意忍受這也不能那也不能的窒息枯乾生活，發誓只要有機會得到一張單程車票離開，她什麼都願意做，包括背棄那個樂天知命只想繼承小小家業的笨男友，跟隨一個全然陌生的過路男人跑掉而且下定決心永不回頭——當然，續集極可能是在「罪惡」的大城市一身殘破，從而大徹大悟要回歸純樸的家鄉犬馬相伴，就像老電影「娃娃谷」那樣。

解放，其意是自由，當然也就包含了作惡的自由和別人作惡你粉身碎骨的自由，你很難只要這個不要那個，就像用機槍掃射雜在人群中的罪犯，從而希望子彈長眼睛只找壞人不傷無辜好人一樣。

熱力學的末世預言

這裡，我們便碰觸到渥特絲《回聲》這個書名的曖昧意義，以及她在書前所引述E.M.佛斯特的話：回聲開始以某種難以言喻的方式瓦解了她對生命的掌握……回聲奮力的微弱低語：「悲情、虔誠、勇氣——這些東西都存在，但無有不同，污穢亦然。萬物皆存，無一物有價值。」

如果不是佛斯特這番話，事情就簡單了，它最直接的意思接近某種果報，某種會遲滯會不易察覺但堅實存在的果報，你的作爲，從生命中逸出，最終仍會撞擊到某個無形之牆反彈回頭來找到你，就像音波撞擊山壁迴盪一般，它變得微弱甚至幾不可辨識，但你仍聽得到且心知肚明其眞實內容是什麼，因爲那聲音是你發出的，你還記得你對它說了什麼。

然而，渥特絲引述了佛斯特使這個意思變得深邃起來，也晦暗起來。

痕跡會不會完全消失呢？也可以說不會，它只是被敉平了、失去了意義並難以回收。這使我想起「熵」這個著名但陰暗的科學預言：能量不會眞正消失，它只是通過擴散作用的原理不斷發散，最終，均衡分布在廣大無垠的空間之中而已，只是，宇宙再沒有任何力量可以加以聚集回收，從而能量也失去了意義，那不是宇宙的滅亡，而只是它永恆的沉睡——當然，好消息是它發生在遙遠遙遠數以百億千億年之後的未來。

你不願屈服做個虛無主義者，你認眞在殘破世間的殘破人性中尋求善念，並在敵眾我寡的理性證據中不惜抗拒實然，以近乎宗教意義式的所謂信念價值來對抗，但也不能不讓你疲憊，你知道有些東西始終在看的，你甚至也聽得見微弱的回聲，但是太過冷寂廣漠的空間裡，它彷彿不再存有你所要的最原初意義了。

除了你自身的信念和價値之外，你不曉得你還剩下什麼？

造反之美

據說，國內年輕秀異小說家駱以軍的口頭禪是，「你不要弄我啦！」這總讓我直接想到「造化弄人」這句話，彷彿看到一個認眞但悲憤的創作者仰頭向天，對著遼穹命運抗議的模樣。

造化的確是弄人，幾年之前，我個人就是這樣子忽然由一個滿身是汗的運動叢書編輯暨NBA球迷文字撰寫者，一頭撞進冷靜用腦的推理小說領域來，加上彼時台灣對這組類型小說還相當陌生，一般人閱讀時可能存在著諸多疑懼，於是我又奉出版社上級領導同志之指示，非得在每部推理小說之前寫些介紹說明且最好帶點誘惑意味的文字不可——這當然是極要命的一樁差事，別人不懂難不成我就懂嗎？大家還不是一樣吃台灣米喝台灣水長大的？但上班族生而自由，卻發現自己處處在桎梏之中，總而言之，哎，反正你懂我意思的，如果你也上班拿人家錢的話。

歲月忽其不淹兮。幾年這麼且戰且走下來，我心中的諸多疑懼、擔心、抱歉、懊惱以及不平不僅揮之不去，反而愈積愈深，這些個人的麻煩泰半不足爲外人道，但其中有某些事關讀者，也許還是多少道一下的好。

首先，是所謂「導讀」這個眞不叫人喜歡的詞。到現在我還始終不曉得是哪個人想出這麼個狂妄自大的稱謂沿用至今。讀推理小說，我們除了提心弔膽接受小說作者本人的引導之外，還需要什麼畫蛇添足的引導呢？誰還耐煩另外有個人一旁聒噪不休的？因此，讓我們回到原意來，如莊子所謂的「請循其本」，所有臉譜推理小說本文前署名「唐諾」的這些文字，只是出版社某種不盡恰當的好意，供參考輔助之用，如果讀小說的人對這個領域已有基本的認識或閱讀的自信，理當略去直接進入本文。

其次要說的是，這批所謂的「導讀」文字，大體上遵循著涇渭兩種不同路途前進。其一是一個作者只共用一篇通論式的介紹，一篇打死，如艾勒里・昆恩、S.S.范達因、派翠西亞・康薇爾，以及亞瑟・柯南道爾等；另一種則是逐篇書寫，鞠躬盡瘁，如雷蒙・錢德勒、達許・漢密特、勞倫斯・卜洛克、約瑟芬・鐵伊，以及本書作者米涅・渥特絲等。這種不患寡患不均的書寫方式很有趣，居然成了推理迷文本推理之外的另一個推理題目，有人開始猜爲什麼會這樣。

有些人據此推斷出我個人的喜好來。一個作者只寫一篇，代表我可能並不那麼喜歡這個作家，因此公事公辦，敷衍他兩句（有人稱此爲「唐諾賣的」）；逐篇書寫，則代表我對該作者定然仰望尊崇，因此喋喋不休寫個沒完（有人稱此爲「唐諾愛的」）。更有趣的是，如此推理並未就此打住，由於前者多屬古典推理小說，而後者多是美國冷硬私探派，因此，推理的終點是——唐諾是冷硬派而非本格派。

凶手逮到了。

凡知道的，皆應緘默

其實作爲一個編輯兼介紹文字書寫者，我個人的喜惡愛憎一點也不重要（只對我自己重要），但當個遊戲來看，這個狀似有條不紊的推理對嗎？

我個人歷經一番反省，這裡得說，的確有著某種程度的眞實性存在，但如果容許我用自己的語言描述，我會說，我喜歡好的冷硬派作品和好的古典派作品。只是，正如古典派大師朱利安．西蒙斯所說的，古典推理的長期書寫的確撞到了一些困境，因此，近一二十年以來，在廣義的推理小說領域裡，的確冷硬派顯得較勇猛銳進，好作品較多，因此更凸顯我個人的「偏心」。

而講起另外一個理由那就有些殺風景了，就如同古典推理的一部怪異名著《褚蘭特的最後探案》所顚覆揭示的，綿密、嚴謹、環環相扣的完美推理，放回現實世界一對照，往往只是諸多其貌不揚的偶然巧合所組合成的，有著更簡單更乏味的不具睿智況味解釋——這就是愛因斯坦討厭的現實世界，蕪雜、混亂、矛盾，更要命的是令人難以忍受的沒秩序，他稱之爲「木頭紋理」的世界，相對於他心中那個井然、光滑、可以用最簡潔最漂亮方程式表述的「大理石紋理」物理學究極世界。

我們都知道，在推理世界有一條亙古不好違犯的最終道德戒令，那就是，任何引介、論述、討論推理小說的文字，若不事先聲明並予以眞空包裝起來，絕不得揭露、引導、暗示最終的破案結果——我個人盡力服膺如此戒令，認眞想做個有道德的推理文字工作者。

就這樣，大麻煩跑出來了。

也正是如此，我的偏心書寫便有著更簡單的現實技術性理由了。一般而言，古典推理的書寫較封閉，作者苦心經營且通常最精采之處嚴重集中於最終的解答，以及讓這個最終解答得以燦亮登場的情節鋪排和布局，偏偏這最精采的部分是你不能討論不能寫甚至連稍加觸碰都不可以的，因之，除了作者、小說背景或譜系的介紹而外，你只能把維根斯坦的名言倒過來自我警惕：「凡是知道的，皆應緘默不語。」至於冷硬派作品則相對開放，沾惹的現實話題多，而且寫作者所關懷的犯罪心理、過程和追索，通常也禁得住討論而無所謂曝光問題，簡單一句話，不會怕找不到東西寫。

無趣的理由，但卻是眞的。

造反有理

然而，出生英國、成長書寫於英國的渥特絲，一般從生物屬性到寫作的流派到風格，皆被歸屬於英式古典推理作家，甚至公認是克麗絲蒂的最有力接班人，我個人卻採取了逐篇書寫，爲什麼呢？——理由還是因爲我覺得可以有話講，也就是說，她的所謂英式推理方式並不像稍早的先聖先賢那麼封閉。

誰都看得出來，渥特絲的推理小說並不「規矩」，姑不論她的強烈、尖利、罪惡滔天和駭人的幽黯有多少我們熟悉的冷硬派元質在其中，她的推理小說，亦同時容納著眾多的偶然、巧合和破案者的直覺，因此，不論就早期英國推理作家所共同簽署遵循的寫作憲章，或美國S.S.范達因嚴謹的推理小說著名守則，她該犯的都犯了。

她違犯的代價是什麼？懲罰是什麼？懲罰是，她被當成這一代的新救世主，功成名就，得大獎如吃菜——看來，這還眞是個鼓勵犯罪的世界不是？

是有這個意味沒錯，但說眞的，在推理的寫作史上，我們可以這麼講，但凡寫出一點成績的作者，沒有幾個是老老實實自限於前人畫定的框架裡寫東西的，這樣一種「克己復禮」的人，也許會是法治社會底下的好公民，但最好找別的工作，別進到寫作的志業或職業裡來。

也是喜歡違反規定的雄才偉略者曹操，寫過一首這樣的七言詩：

臨流築台距太行，氣與理勢相低昂。
安有斯人不作賊，小不為霸大不王。

不作賊，不違反規矩，就不可能成就什麼像樣的事功，這樣的「真話」，在人生現實世界講出來，也許多少有著道德負擔，但在心智創作的領域中卻接近真理——創作，最基本的一點便在於不滿於既有，不安於現況，你尊敬愛倫坡或柯南道爾，這不傷大雅，但如果兩年三年這樣亦步亦趨跟著寫下去，我們便稱之為模擬或抄襲，用不著誰跳出來指控，歷史自然會淘汰它。相反的，好的寫作者永遠是心智的冒險家拓荒者，召喚他們的是人跡未至的廣大處女地，也就是規則未立、法令不行的所在。我們知道，歷史上所有這類冒險家的生平行事皆有不堪細究之處，和犯罪者只一線之隔，或是應該說，他們若待在得講究規矩法令的原有社會之中，大概都會成為犯罪者，但在一個新的世界裡卻有機會成為英雄。

因此，在創作世界之中，你小小的犯規，有機會讓你寫出一部前人未有的新鮮之書，名留推理青史；你大大的犯規，更有機會改變推理史的走向，成為歷史的一座里程碑，像美國的漢密特那樣，硬生生開創了一個足以和母國分庭抗禮的宗派，或至少像渥特絲這樣，為奄奄一息的推理母國帶來新的小說視野和活力。

小為霸，大為王。當然，造反也可能不成，那叫成王敗寇，死得很慘。

美好的直覺

我們就來舉個實例吧！而且我們來找一個最嚴謹、最典範型的人物爲例，以免勝之不武。

這個人就是古典推理史上，柯南道爾之後的最高象徵，一代女王阿嘉莎・克麗絲蒂，和她筆下的老太太神探珍・馬波。

這個阿嘉莎・克麗絲蒂多少以自己爲藍本所創造出來的女神探珍・馬波，是個頂迷人的鄉居老太太，愛打毛線愛聊天，所以當然也愛聽哪裡鄉居生活一樣都有、滿天飛來飛去張家如何李家如何，美國的偵探小說作家們把她選爲歷史第一女神探，但世界當然不會就此統一，還是有人不喜歡她，認爲她「太會猜」了——意思是她往往在關鍵的某些判斷上，沒有給我們A＝B，B＝C，所以A＝C的嚴密邏輯，加上她是一位女性，這裡便有一個方便好用的詞等著，叫「女性直覺」。也就是「直覺、直覺，跟女人一樣不可靠的東西」這句男性沙文主義豬俗諺中兩大不可靠元素的整合，一種兩倍荒誕的東西。

我個人當然不覺得有這麼嚴重，相反的，我眞以爲她是位典型處女座（也就是克麗絲蒂自己的星座）的極迷人老太太，纖細敏感柔弱的外表底下，有一顆純24K的純理性之心，儘管稍稍戲劇性，但我看書時還眞期待她把罪犯找來，披上她的粉紅圍巾，自稱復仇女神的堅毅模樣。

一個生活如此單純的老太太，怎麼可能會這麼熟稔犯罪世界的種種呢？這一點克麗絲蒂提出也許不盡嚴密但堪稱有趣的解釋，作爲整個馬波探案系列的基礎：一個小村子，事實上就是整個人類世界的縮影，只是這些愛戀、仇恨、嫉妒、防衛和傷害云云，也許以某些較隱晦較具體而微的犯罪形式體現出來而已，你不被表現形式所惑，便能看出其背後的相同運作邏輯及其模式——陽光底下，新鮮之事還眞不太多。

因此，馬波小姐每每在看見一張臉，一個表情，一次當下的反應和行爲，乃至於一樁謀殺，會悲憫的覺得眼熟，想起她左鄰右舍的某人或村子裡有過的某事——於是，她數十年眼所見耳所聽積累下來的英格蘭鄉下生活瑣碎記憶，便像一部袖珍型的可攜帶犯罪大全一般，可以拿來放諸加勒比海放諸西亞放諸天涯地極對照，照見出凶手及犯罪的眞相和緣由，方便好用得很，就像我們在電視廣告上看到新電腦和新手機的自吹自擂那般。

這大概就是不滿馬波小姐的讀者嗤之以鼻的所謂直覺部分，但它不是無來無由的瞎猜，它有一部分現實的基礎及其眞意。我們很多的當下判斷和感受其實是經驗的變形，由諸多無法整理無以歸類的破碎經驗所錯綜搭建起來，危危顫顫，不全然可靠，也會誤用，但絕非空穴來風。

話說回來，這不就正是馬波小姐最有意思、最不同於白羅不同於其他過江之鯽大神探之處嗎？——這個違反規矩的鄉下老太太直覺，讓馬波小姐卓然獨立於推理史上，無可替代。

美好的造反

作者自己都這麼不遵守遊戲規則，有野心的讀者難免沮喪，往後，我們該如何自處？

這裡，我個人想說的第一件事是，不管范達因或誰誰說過什麼，推理小說曾經是、但老早已不再是所謂「作家和讀者的智力競爭」了，猜不到凶手不代表你比誰笨，早在七十年前，錢德勒在他《謀殺巧藝》一文中就說道，「這種小說只有白癡才猜得到凶手是誰。」我們當然不必用這麼嚴重的話來罵人，但確實來說，今天的推理小說，就算最古典最封閉的寫法，最多只是一種「表演藝術」罷了，我們靜下心來欣賞作者怎麼布置，怎麼導引到他要的答案，並最終怎麼自圓其說，表現得好的記得給他掌聲，就像欣賞李棠華特技團表演一樣，不必因爲你做不出同樣高難度的動作而懷疑自己的智商乃至於人生。

其次，我要說的是，如果在過往的推理引介文字中無意中造成閱讀的誤導，我還極樂意在這裡道一個甚至一個以上的歉——我們花不少工夫口舌介紹推理的不同寫法和流派，原意是希望說明推理小說的複雜和整體眞相，方便於理解、記憶和選擇。然而，分類，既然永遠不會是寫作者的規章，我們做讀者的又何需老實緊緊抱住不放，而硬要它成爲我們閱讀欣賞時的美學判準呢？當我們的期待過於狹窄，一心認定「只有怎樣怎樣才是推理小說」時，我們會像用太小的網去撈魚一般，平白錯失了欣賞更好作品的機會，只留給自己「他怎麼可以這樣？」且無處投訴的憤憤不平（因爲作家不是已死，就是在伸手不可及、罵他聽不到的地方），那是天底下最划不來的事之一。

讓我們學著欣賞「造反」之美，文學的寫作和鑑賞，本來從頭到尾就是人類世界最美好的造反之事。

古典機器的新工程師

我到過英國，印象其實相當好，儘管食物難吃得要命，但聖經裡不是講：「你們不要憂愁吃什麼穿什麼，你們要求的是祂的國和祂的義。」

英國仍保有諸多美好的事物，如她諸多美好的歷史一般，這裡要從頭講起可能太長了，英國人一般比較冷漠，但符合像我這樣不愛跟人打交道的性格，相反的，我很欣賞英國人穩重而彬彬有禮的舉止，男性尤其紳士，特別當你以大英博物館或賣書的查令十字路當背景時，更感覺這是個知書達禮到堪稱保守的社會。

保守並不一定該死，它自有其堂堂存在的價值，或至少是個可堪讓人認眞考慮的生活有效選項。相較於歐美比我們進步的國家，至今仍以保守爲政黨名稱或總統大選的主要訴求，近些年來，台灣社會習慣把保守視爲足以構成誹謗名譽的髒字眼，這裡其實有著相當程度的躁進無知。我個人以爲，就算你自許爲進步之人，把保守看成生命大敵，你也得認眞去理解、甚至學習欣賞保守的美好理性面向，否則，那樣的進步容易流於某種其薄如紙不堪現實世界一問的廉價進步概念，甚至是反智的民粹。

其實，一種基本上健康的保守，並不眞正跟進步完全衝突，它只是較容易意識到安全問題，高度警覺到既有一切的防震承受能力，試圖去控制進步的強度和速度、以及其爆破力，好維持住均衡。因此，保守的人往往反倒是理性的，甚或流於太過度的理性，一種隨時仰賴著高度精算、由此也顯得太遲緩太小心翼翼的理性，以對抗新事物來臨及其實踐過程不可避免的激情和神話，正如某位學者所說的：「在新事物面前遲疑不進，這樣的態度可能是最理性的。」

也因此，保守往往也是一種年齡狀態，是年老的象徵。這與其說是肉體機能老化、喪失了快速行動的能力，不如講是一種心智狀態。當人累積了過多的經驗，尤其是受挫的經驗，他會極容易察覺出從抽象概念到具體實踐之間的漫漫距離及其異化程度，因此，他的信念總顯得不純眞不夠乾淨，挾帶著令人懊惱掃興的現實泥沙，從而少掉了放手一搏的決志和力道。

保守的英國大概便是這樣一個年老社會，太長的歷史經驗加上冷澀的自然天候，似乎讓英國人點燃不起什麼清晰可見的激情來，我常笑說，在英國我只看到兩種駭人的狂暴事物，其一是全世界人人喊打、就連英國人都搖頭歎息的喝酒嗑藥足球迷；另一則是米涅·渥特絲的殺人小說。

非醜惡不可

米涅·渥特絲的狂暴，與其說是血流漂杵式的殺人肢解場面，倒不如說她對人那種原罪式的人性假設，對人的幽黯陰森一種眼睛眨也不眨一下的定定凝視——我沒四下去探詢，不曉得一般人做何反應，我只知道負責編書的出版社同事，常常有吃不下午飯的身體噁心之感，以及下班不好入睡的心智沮喪之感。

推理小說，以殺人爲樂，但一般而言，書中仍有好人，作爲讀者的情感投訴對象，就算是更冷更酷的美國冷硬派，我們還是找得到，比方說錢德勒的菲力普·馬羅，那是多高貴多讓人心口溫暖的美好典型，或說卜洛克的馬修·史卡德或老小偷柏尼·羅登拔，二話不說你會想要有個這樣聰明正直（這兩個特質經常性的背反）、不擾人但忠心耿耿的朋友，漫漫人生有一個就好。

小說家袁瓊瓊還說，她特別喜歡「馬修·史卡德」系列中的伊蓮·馬岱，如果她自己身爲男性而伊蓮是現實世界的眞人，她會不計一切追求她並娶她爲妻。

在渥特絲的小說裡，你想娶誰嫁誰？

這使我想起我的老師朱西甯先生談他一生尊崇珍愛的張愛玲。張愛玲筆下，沒有一個

「可愛的人」，沒有一個角色是讀者讀小說時很自然會扮演、會讓自己與之合而爲一的，讀小說的人和寫小說的人一樣「站在雲端看廝殺」，但這樣的雲端不是一種俯看望遠，欲窮千里目的美好和平景觀，而是天地不仁，像《聖經．舊約》裡耶和華在天上時時看著的殘酷大地。

然而，渥特絲的狂暴可能有其道理，或至少說有其必要，她強悍的姿態在保守的英國社會和太長書寫傳統的古典推理小說中燦爛的成功，說明其中「寫對」了某些東西。

寫對了什麼呢？如果我們講英國古典推理書寫是一道百年以上的長河，我們可能頂容易聯想到河流和大地漫長時間中的關係和變化。這是很初步的地理常識，綿延有毅力的河水流經大地，會不斷衝擊並逐步夷平大地的凸起稜角之處，最終形成一種遍在的平順、起伏和緩的地形，也就是我們稱之爲「老年期」的地形，從而河水本身也喪失了高低位差所形成的激烈力道，而成爲河道曲折寬廣、緩緩流淌的大河。這時，你若希望河水恢復其強大的衝激切割能力，你就得寄望於地殼的劇烈變動，再次造成水流的高低落差，讓河水新生般再次得到力量，切割的循環亦重新展開，這現象我們稱之爲「回春作用」。

古老平緩甚至開始形成滯留水坑處處的英國古典推理長河，的確很需要如此的回春作用，這不待理論家如朱利安．西蒙斯從知識的層面爲我們指出來，而是一般人可以直接從閱讀小說時或彰或隱的感受到，這種感受以一種不耐煩的主觀情緒伴隨出來——怎麼搞的，看來看去就這麼幾套手法一直重複使用？有沒有什麼新鮮一點？

但麻煩在於，地殼當下的變動總是暴烈的，帶著相當程度的摧毀力量，這我們從九二一地震完全可以體會出來，它長期被封閉被壓制住的能量，要衝破堅硬的既定地殼而出，樣子一般而言不會太和氣太賞心悅目，自然景觀如此，人類社會的種種造物亦復如此。有關這一點，我個人記憶裡的一段激越的話，也就是名畫家畢卡索的長年摯友、同時是美籍女同志作家的葛楚·史坦，在有感於畢卡索受非洲藝術啓示、以〈亞維農姑娘〉這幅名畫轉向立體派、改變現代繪畫走向時說的，相當有意思值得人多想想——「當某人創造某樣東西時，必定會做得很醜惡，在如此張力之下所必要的衝擊力道及其搏鬥，不可免的會導致某種程度的醜惡。隨後模仿的人可以把它變得美麗，因爲他們已曉得自己在做什麼，那個東西已經被創造出來了。但最原初的創造者不會知道自己將做出什麼樣子的東西來，所以這最原初的造物便非得醜惡不可。」

因此，前頭我們期盼進步者多理解多欣賞保守者那番話，同樣的應該倒過來勸勸過度焦慮進步暴烈激情的人，得認眞去理解、甚至學習欣賞進步的沛然力道，不見得要妥協，更不是非得改變自己的觀點不可，這只是向深邃處走去的必要辯證之道。

渥特絲自己在揭示凶惡的死亡之時，也曾通過書中的角色這麼說，「生命裡沒有醜惡的事物，除非你決定要以那種方式去看。」

第一個可愛之人

然而，我們卻在這部《暗潮》書中找到一個相當可愛的人，那就是書中那位獨立、怡然、體貼、自我約束力良好而且能燒出好吃鱸魚、沒特殊怪癖怪脾氣、只略微板正潔癖的小鎮警員尼克·印格蘭姆——我們曉得《暗潮》是一九九八年渥特絲到目前爲止最新的一部小說，緊跟在一九九七年的《回聲》之後。其實《回聲》一書中，我們先已看到過一名聖潔的人物，那就是作爲死者的流浪漢比利·布雷克，但這個在污穢的往事以及同等污穢的現實世界裡捨命爲自己也爲不識的他者尋求救贖的人，實在是太神聖太高貴了，像耶穌那樣，這不太眞實可信，或至少很難讓人稱兄道弟的喜歡他親近他，我們對他只能慚惶的仰望。

此外在《暗潮》裡，戀愛仍在進行，只是溫暖了，不再互抓互咬如貓科動物，殺人也仍不可免，但警察、死者、凶手以及一干人等基本上全平穩了下來，各自扮演各自的分內角色，不再掠食般一個個惡狠狠撲上去——難道說，渥特絲打算逐步緩和下來，沉靜下來，慈眉善目嗎？

一種冷靜的狂暴

當然，單本小說可能只是個特例，有其他偶然因素的滲入使然，絕不足以支撐如此猜測；至於假設渥特絲本人年歲漸長，所以想當然耳火氣日消、稜角趨圓，這也似嫌武斷，畢竟，隨著身體爆發力的減弱和心智上因著現實經驗的累積而愼重保守起來，這只是人類總體的一般趨向，對特定的單一個人不必然有效。我們這個古怪多歧異的世界，會有費里尼、畢卡索這樣好像永遠不會老去的青春火熱之人，監獄裡也隨時不乏衝動、安分不下來的高齡人口，更有那種所謂「只有死去，沒有退休」的終身革命者，如我們國內的社會主義永恆導師陳映眞或古巴大鬍子卡斯楚。

然而，從此慈眉善目未必，我個人卻自始至終不以爲渥特絲會眞正不回頭顚覆掉英式古典推理，像年輕的耶穌初到耶路撒冷市集那一場「掀桌」破壞一般：我來，是要起刀兵的——不，我懷疑渥特絲打開頭便沒打算要這樣，要在古老推理王國徹底來一場無產階級大革命。

我們在《暗潮》之前的小說引介文字中，曾一再談到渥特絲書寫的種種「變異」，包括她不用固定的破案偵探，寧可讓鍾情她的眾多讀者情感漂流，「作家每一次寫的都是一部新的小說，讀者每一次讀的也是一部重新開始的新小說」，這是自由，也同時是挑戰。事實上，就推理的書寫傳統來看，像她這樣歷史級的大作家很少這樣，包括她明顯「降低」並「移轉」了看待世界的固定位置，不再由右上方俯視，心懷優雅的悲憫，而是由左下方朝上吶喊，滿腔抗議性的鬱悶和憤怒，事實上，她書中的破案偵探社會位階都不高，若是警方人員，通常也只能到資深警員的層次而已；包括她不把死亡僅僅看成小說進行必要的場面有就好，而是放筆大肆書寫，「怎麼噁心怎麼來」，淋漓的讓死亡從冷靜的謎面，添加上大量的感官攻擊力道，成爲渥特絲小說極重要且固定的戲劇演出云云。

改變是必要的，否則無以在書寫殆盡的日暮王國中拿出新鮮銳利不同以往的東西，無法重新切割再次回春。然而，絕對和英國狂暴足球迷不同之處在於，我個人以爲渥特絲姿態強悍，聲腔激越，卻從不失控，在乍看人人任意而行的爲惡小說世界之中，我們可以察覺出隱身在這一切一切背後的作家本人始終是冷靜的，她氣定神閒的布局，有條不紊的操控，線頭始終好好握在手中，她筆下的角色沒有離題，也不見逃逸，她聰明的把隔絕類型小說和眞實世界的界線弄得模糊，甚至彷彿已然泯滅，但那是四面的透明強化玻璃高牆，封得好好的，撞不破也不可踰越。

究極的小說布局

《昆恩靜默世界》的作者、也是當前英國第一流推理作家的德克斯特，曾接受國內推理傳教士詹宏志千里迢迢的親身訪談。我印象最深的是，德克斯待在談到大西洋另一岸的美國推理作品時，很紳士的批評美國作家普遍的弱點正在於：布局。

這眞是一針見血的準確看法——只除了布局不如英國推理作家嚴謹不見得是弱點，而是一種小說書寫的抉擇，依寫作者不同的小說思維假設，從而選擇的不同書寫實踐之道，用日本人的圍碁術語來說叫「趣向」，無關好壞善惡，就只是個開放性質的選擇而已。

如果要我個人選擇英式古典推理書寫的最底線、最不可讓渡、沒有它就整個不成立的究極技藝準則，我也會說是「布局」——英式古典推理跑不掉是品類眾多小說王國中最仰賴嚴謹布局者，布局幹什麼？好完成這個類型小說所想望的完美理性結構造物，因此，它非得全面性的操控到底不可，萬事萬物皆得有其固定的位置、輕重和任務功用，誰也不能自作主張的多點少點快點慢點，否則結構便無法完美甚至崩塌。正因爲這樣，我們很自然對典型古典推理的讚美，通常不會選諸如深刻動人、發人深省這一類的感受性用語，而是所謂的環環相扣、設計巧妙、緊湊有力的傾向技藝面讚歎。

你買一部冷氣機、電視機，你一樣不會聽到推銷人員說服你這部機器深刻感人，那樣你會以爲你買到一部妖怪落荒而逃。

英式古典推理作家的終極身分自覺傾向於工程師，期盼造出一部全新的、完美的理性結構機器，小說機器底下的角色人物，其眞正的身分是零件，零件當然不可以有個別意志和主張，它得聽命行事，否則叫作故障，要找個新的來代換。

正確的期待

類比儘管有風險，但這裡我們還是能小心翼翼再多引申一點點。

正如冷氣，電視、冰箱、風扇這些家電行之有年，市場品牌種類充斥，在機械性功能無法無限制往上提升以召來顧客時，我們通常會看到一種山不轉路轉的新策略，那就是強調所謂的人性化設計，讓機器彷彿聰明可人，輔以新的美學造型，以賞心悅目不那麼冰冷——然而我們知道，在眞正智慧型機器發明出來、可與人談心論道、分擔你的憂煩、陪你瞻望信念理想之前，我們今天所謂的人性化設計，其實只是功能的多樣化和綿密化（因此使用說明書相對變厚變難懂），而賞心悅目的造型，則通常是某種設計性的氣氛營造，要不是一種愈來愈誇張甚至醜怪的「酷」，就是愈來愈誇張的甜美「粉彩」。

在市場賣了一百五十年的英式古典小說機器，也一樣不得不多點人性化設計和新美學造型——我們嘗試從如此角度來理解渥特絲的冷酷推理新小說，可能有一點不敬，但可能也會更有斬獲。

強烈到近乎戲劇演出、惟安全永不失誤的愛情，悍厲到近乎病態、但一定可以收拾起來的謀殺，人人任意而行、但最終不踰小說結構之矩的人性罪惡探勘——渥特絲胸有成竹，意志貫徹，美國推理小說協會搶先一步，在英國的「金匕首獎」之前頒給她最高榮譽的「愛倫坡獎」，或許多少有著「英國的渥特絲起義來歸，走向較開放較流動的美式冷硬推理」的僥倖心理，老實說，當時渥特絲那部《女雕刻家》也實在有像，但老實說如果我們更冷靜細讀渥特絲的小說，我們會發現，德克斯特那種對布局不夠嚴謹的指責，完全用不到渥特絲身上來。

我個人閱讀時唯一一次的如此動搖來得較晚，那是在《回聲》一書的半途。我一度以為那位憤世嫉俗的左派記者，在一腳踏入流浪漢的世界，有可能會不由自主一路走到渥特絲意志所不及的所在，揭示出一個非設計性、非布景式的眞實下層流浪漢景象，但渥特絲安然馴服了他，讓他毫髮無傷的回到古典推理的結構來。

我想，渥特絲選擇做的仍是工程師，添加人性化設計加勁爆造型的新工程師。人各有志，職業選擇受憲法保障，是每個人最基本的自由，我們應該正確期待渥特絲的，不是希望她創造出「深刻感人」的冷硬派作品，或甚至英籍作家格雷安．葛林那樣的小說，而是造型炫目、功能齊備、又環環相扣的好機器來——畢竟，我們是需要提升心靈的好小說，但方便好用的家電也是挺要緊的，甚至對很多人很多時刻來說，可能更要緊也說不定。

不快樂的想像力

我猜，應該不乏也有人跟我同樣，每回看渥特絲的小說，總忍不住卻徒勞無功的試著想分辨出來，她小說中那些狂暴的、幽黯的、殘忍的成分，哪些是她身爲推理犯罪小說作家所稱職虛構出來的？又有哪些是她生活於老英國眼見爲信的實然成分？那不是個治安狀況還可以、人們彬彬有禮到有點虛矯、自我管束克制工夫十足的沉靜國度嗎？當然，我們或許也同時想到「壓抑」這個過於方便的用詞，想到他們舉世聞名、至少每隔四年到世界盃足球大賽就必然定期發作的足球迷集體瘟疫，想到他們正是狂暴龐克族的原鄉，或者還有《太陽報》，普世八卦狗仔隊的聖地，竊聽窺淫的大本營——

我們並未忘記渥特絲寫的基本上仍屬類型化的推理小說，正如同一樣隸屬於女王陛下的００７情報員詹姆士·龐德擁有Licence to kill一般，類型小說家當然也擁有不受質疑、不容檢驗、不必自白交代的虛構、吹牛、扯淡、任意想像的執照——這方面，類型作家的寬容尺度永遠比正統的書寫者來得大，不受實存的具象現實乃至於抽象物理法則的管轄，甚至讓人行於水上、一飛五丈高等等。

因此，這不是質疑，而是純粹的讀者好奇，某種返祖性且不很禮貌的好奇，只因爲我們起碼想搞清楚，我們究竟可不可能藉此閱讀也順便多了解一點那個外表冷若冰霜的社會呢？還是我們從頭到尾只是封閉性的在跟一個聰明但陰森森的書寫心靈打交道？

支持我們膽敢如此猜測，多少因著一個微妙的「理由」，那就是小說書寫中的想像力問題。通常，想像力總被理解爲小說中虛構成分的來源及製作機器，也因爲負責虛構，不受沉重實體的牽扯，因此想像力遂更有著輕靈自由的色澤，而成爲小說書寫中最有趣、最興高采烈的部分。然而，事情會這麼單純嗎？於此我個人一直保持著高度審慎的懷疑態度，想像力從何而生？因應著什麼需求而生？它和我們人生現實眞的只有一種逃逸掙脫的背反關係嗎？只是我們勞苦度日的愉悅休憩遊戲嗎？

這裡，我們試著通過渥特絲小說既現實又虛構、既充滿社會意識又總是戲劇性到你難以置信的兩面撕裂性質，來看看想像力背對著虛構的另外一端究竟通向哪裡，聯結著什麼，甚至可否扮演「現實／虛構」這兩端的必要聯繫環節。

非醜惡不可

首先，不管在這部才剛完成的新小說《蛇之形》中，或過往渥特絲的其他作品中，我們很容易確認其中濃厚的現實成分。流浪漢，惡劣的警察，因封閉而彼此窺探衝突的扭曲形態小社區，人和人之間殘忍的搶奪、傷害、凌辱乃至謀殺，這都沒逸出我們對眼前現實世界的基本認知之外，我們知道這些事都是「眞的」，因此我們的反應除了各從其類的傷感、憤怒，乃至於一種「又來了」的掩耳不願聞絕望等等而外，對此並不會生出匪夷所思的不安或懷疑，就像我們看電視或報紙上的社會新聞一般。

寫小說的人都知道，就人生諸多罪惡的「外在表現形態」而言，是無須動用想像力的，再冷血的謀殺或再瘋狂的屠戮，都能在老報紙的一角找到——在這上頭，寫作者只憑一己之力的處心積慮凶殘，永遠比不上社會以眾志成城力量集合而成的處心積慮凶殘，甚至，寫作者往往會在在的懊惱，在這方面由眞有其事構成的現實世界，很多事很多情節還都太戲劇性了太假了，並不宜直接寫成小說，畢竟，你無法眞的在小說中附上一份剪報來清除讀者的疑慮和不舒適，技術上不可能，效果上也無意義。

既然現成就有，你又想不過人家，那硬拗個什麼勁兒不直接採擷於事實呢？這上頭，小說家並不比我們常人笨，他們的選擇，也正跟我們乖乖到超市買米買肉以爲今天晚餐材料一般，並不考慮自己墾荒拓土種地養豬。而且，小說家往往更謙卑的發現，人生現實之事儘管失之於太過火太戲劇性，它卻還有一樣優勢是個人憑空想像所難能企及、難以仿製的，那就是現實之事自身的飽滿度和生命弧度及其質感，它和人性深層、和社會整體之間，自然而然有著某種渾然的、微妙至極的、千絲萬縷難以言喻難以記錄編纂的聯繫存在，小說家愈認眞想下去，往往愈神經質的發覺，之所以會發生這樣的事，好像這個人就得是這樣子的長相，就得穿這樣子的衣服，從事這樣子的行業，有這樣子的家庭親族關係才行——也因此，一些老牌且技藝圓熟的小說家不是不了解和現實特定的事、特定的人貼太近會有種種風險，包括被嘲笑想像力或小說技藝的不足，包括更慘因有影射他人之嫌而吃上官司，但兩者相權，很多寫了一輩子小說的書寫者還是干冒如此風險，這通常是很需要勇氣的抉擇，換個長相，換個工作或家庭背景一點不難，難的是依然保有其背後渾然無間的聯繫，小說家寧可坐牢，也不願自己作品中的角色乃至於小說整體因牽此一髮而崩塌掉。

聚攏與編織

由此，不盡周延的，我們說，小說家是「說故事的人」，而不是「創造故事的人」。材料取用於現成，小說家的想像力哪裡去了呢？不在故事之外，而在故事之內；不在無中生有想出一個人間現實亙古未有的新故事，而是在點狀散落的現實材料之間，找到某種未曾搭建的關聯，從森嚴的因果、鬆弛的啓示到遙若地角天涯阻隔的杳渺呼應，好捕捉意義，並納入記憶。

這裡，想像力所創造的，與其說是事件，不如說是一種思維的關係網絡；與其說是圓珠狀的顆顆獨立存在實體，不如說是一種獨特新穎的「織法」——散落的點狀現實材料，通過小說家想像力的編織，成爲可觀賞、可凝視、可思考、可收集保存的美好珠串。

用生硬一點的話來說，這其實就是秩序，相對於其他的理性建構秩序，小說家對我們眼前萬事萬物的合法性文學秩序建構——秩序是我們對眼前世界理解的開始。我們眼前的世界，係以一種紛雜並陳的渾沌狀態存在，沒層次，沒焦點，人們要認知它，便先得將其中某物予以分離出來，命名，安排前後上下順序，有條不紊的一步一步來，就像《聖經．創世記》首章耶和華所專心從事的那樣。

宗教者的要命誤謬便在於他們只相信一種秩序（一種神、一種眞理、一種歷史命運），而不知道秩序只是對渾沌世界的必要叩問方式，大叩大鳴，小叩小鳴，關心的問題不同，循此建構成的秩序自然不同，關心的問題千千萬萬種，秩序也相應著千千萬萬種。只剩一種秩序、只會問一種問題的窒息世界，不可能讓只攝食「自由」維生的想像力存活下去，想像力一絕種，人只有變笨一途，這個笨化的效應作用起來很快，不出一兩代人時間就馬上呈現出病徵來，而且極不容易救回。

在宗教者猶喃喃他們昔日老問題的同時（兩千年前也許是個好問題，但那是針對兩千年前的現實和知識水平而論的），我們卻擁有一代代的千千萬萬部小說，擁有千千萬萬種想像力鮮活獨特的飛翔姿態。

最沉重的任務

想像力，在小說中，不只是一種「織法」，更是一種「挖法」，這是它更辛苦的操作。

在點狀存在的現實事物找尋關係，叩問意義，想像力在其中擔負的便不僅僅是女紅式的輕活，也同時包括礦工般的粗活。

在編織現實材料的同時，意義因著材料的聚攏呼應和關係網絡的搭建，而逐步浮現開來，部分小說家（比方較自然主義傾向的書寫者）會謙卑節制的就停在此處，但更多小說家，像你我正常人一般好奇甚至更好奇，他們會被這個彷彿開始結晶的意義所逗引，想進一步追問下去，甚至試圖做成解釋，爲什麼一度堅實相知的情感會晦黯下去而且在這一刻瓦解？人幽微隱藏的惡意靠什麼食物餵養而成爲高速膨大的怪物？哪些東西迷人到值得用善意和道德教養去交易去換取？傷害一個人、甚至物理性的眞把一片鋼質的薄刃刺入一個活生生的他人身體那一剎那，人究竟在想些什麼？……

以渥特絲的小說而言，書中那些具體的凌暴殺人「案件」並不眞讓我們驚駭，眞正令我們不安、令我們屢屢生出「事情眞會到這種地步嗎？」的疑惑，是她凶案底層的書寫者探索和試圖提出來的可能解釋，也就是她想像力如水銀般四下流竄到每個角色人心深處那部分——所以說，想像力並不只負責創造華美和愉悅，帶來享樂；更多時候，它是手術刀或錐子，切入幽黯的縫隙，是兩面都傷人的刃，既是書寫者最艱辛的操作，也是閱讀者的不安和恐懼之源。

如果可能，我相信小說家也渴望安全，希冀他的解釋是唯一的、如山確鑿的，就像偵探和法官能判人罪的呈堂證供一樣；是合於邏輯的、合於森嚴因果律的，就像科學或其他嚴謹體系的思維者或發現者一樣。然而，不幸的是，能找出這麼明白簡單解釋的事物，僅僅只是人們諸多現象諸多難題的很小一部分，更多的時候，意義無法直接轉換成答案，它在事物網絡浮現、流竄，不凝固不完成，你從不能眞正捕獲它的「本體」，只能發現它的腳印，它行於時間之流中的軌跡，努力指給後來的人看。

不可能是答案，最多僅止於可能性而已。

法官（廣義的，包括施行陪審制度的陪審團）可以坦然判處一個人無罪，不因爲這人無辜，而只因爲這人罪證不足而已；科學家哲學家也可堂而皇之把某些問題取消，判定無意義或擱置在外不予處理，就像某種價值中立的宣告。我們大致上都不會指責他們懶惰、怠忽職守、缺乏求知的勇氣和精神云云，甚至我們還往往因此讚美他們負責、清醒以及知所節制，但我們並不這麼對待，或柔和點說，不這麼期待小說家，小說家的工作範疇沒有此類可劃地自限的合理死角，就連我們早已一致肯定並一再確認人類理性永遠穿透不到的地方，仍是小說家的「合理」目標，甚至我們更因爲這樣認定這才是他們的主體目標（否則我們要你們小說家這種人幹嘛？）。仔細想想，小說家的工作職掌何等沉重，或說我們對他們的奢望何等誇張。

從小說家自己那一側來說，這也是他們活該自找的——小說家米蘭・昆德拉說，小說書寫者被「認識的激情給捉住了」（引胡塞爾語），小說面對的是一整個的、不分割的存在問題，小說「正是對這個被人遺忘的存在所進行的探勘」；還說這是小說之所以存在的唯一理由，當小說不再認識、發現並對此尋求回答，那就是「小說的死亡」。

如此沉重誇張，而且邏輯不能，理性也不能，小說家手上還剩什麼？便只有仰仗想像力來承荷了——我個人不確知此兩者的先後因果順序，是因為如此沉重誇張的任務，我們才慷慨賦與小說家最寬廣、最自由、最無拘無垠的想像力利器以為屠龍之用呢（我們絕不賦與法官或科學家同等幅度的想像力）？還是因為我們發現小說家手上握有其他行業志業所不敢奢望的不打折想像力特權，從而想到追討他們相稱的責任和成果？

仍回頭以渥特絲小說為例，小說最終，符合法庭罪證要求的，會有一個（至少一個）眞正動手宰人的凶手，這是偵探工作的圓滿終點，到此完成；但就人性存在諸多層次的探勘意義而言，眞正有付諸執行的殺人可以是偶然的、搶先實踐的，是惡意同時敲千家萬戶的門恰巧打開的那一扇，它不必然就是「最惡」或「最應然」的那一個，更不見得就是「最富意義」的那一個。

放風箏的人

儘管想像力是小說家攻堅的最終極利器，但諸如「充滿著想像力」這樣的疑似讚美之語，通常並不眞的受到小說家歡迎，尤其愈是正經認眞的小說家愈是如此，其效果，就有點接近你去讚美一個女孩「有氣質」「很有內涵」一樣。

這是小說書寫心靈的骨氣，也是他們的驕傲。

這裡，我們於是發現了一個最快、最有效得罪米涅・渥特絲的方法了。如果你有機會到英國碰見渥特絲本人，試試看當面誇讚她本人有氣質有內涵，寫的小說又充滿想像力，以一句話得罪她兩次，難保你不會一路從英國被追殺回台灣。

有氣質、有內涵當然是好事，不好的是它語帶保留的部分，暗示了一個更重要（應該說更受歡迎）的東西——「美麗」——的缺席；想像力也是好的，但一旦我們看成書寫者胡言亂語除罪化的特權，就像我們國會議員的言論免責權，只是用於純粹的虛構、任意的想像、無須驗證更無從驗證的囈語，那就忽略了想像力的艱辛原生本質，忽略了它深厚的現實意義，忽略了它操持時必要的費力勞動，忽略了它原來是爲著解決最困難乃至被宣稱沒答案問題的英勇嘗試，還一併忽略了這一次又一次狀似飛翔的超越嘗試過程中，小說家可能摔得鼻青眼腫斷手瘸腳的動人代價。

我們期待並把視覺焦點嚴重集中於想像力騰空而起這壯麗一端，而小說家希冀我們感同身受的卻是想像力的另一端，那一端繫著整個跌跌撞撞的實體世界，繫著整個昆德拉所稱的人類存在問題。

所以賈西亞・馬奎茲要強調，我的小說每一行都有寫實的基礎；格雷安・葛林要疾呼，他除了寫小說，還當過新聞記者，這就是仔仔細細正正確確描繪出來的獅子山國、墨西哥和中南半島，「死小孩就是這個樣子，屍體把運河的水都給堵住了……」

終究，我們是把小說正確劃歸於人文的領域，而不是宗教，虛構一個全然不存在的天國，也不會是小說這門志業的嚮往，在宗教的聖者整個人騰空而起飛上雲端的同時，小說家充其量只是放風箏的人，當風箏一路高過雲端還往上試探，放風箏的人兩腳仍老實釘在堅硬的大地之上，這景象毫不神祕，只是某種或會帶來震顫的現實經驗——風箏放那麼高，這需要多長多堅韌的線、多穩定多專注的雙手啊！

作家 系列

這裡包括了——

雷蒙・錢德勒的菲力普・馬羅，仍是我最尊敬的作家和最好最有味道的偵探。

亞瑟・柯南道爾的福爾摩斯，推理史上的第一巨人。

約翰・哈威的芮尼克，英倫的謀殺小說詩人和他那愛吃三明治、愛養貓、愛看足球的沉默探長。

派翠西亞・康薇爾的女法醫史卡佩塔，一個tough但情緒起伏不定的耀眼專業女士。

S.S.范達因的菲洛・凡斯，美國古典推理之父和他那貴族氛圍的優雅神探。

以及，兩位和中國人有關的神探，一是「狄公」唐代名相狄仁傑，另一是夏威夷的移民探長陳查禮。

在末世中打造一個高貴的人

一九九五年美國推理作家協會找來十四名當前的頂尖作家，再次票選推理小說一百五十年來最好的男女作家、男女偵探、謀殺城市、凶器和藏屍地點等項目，結果我們所熟稔的夏洛克・福爾摩斯在男偵探一項屈居第二，創造他的柯南道爾更在男作家一項摔到第三——第一名會是何方神聖呢？

答案應該說是雙料冠軍；此人是雷蒙・錢德勒，他和他筆下的高貴私家探子菲力普・馬羅包辦這兩個第一。

這種結果，對推理類型方興未艾的台灣讀者可能頗驚訝，但對沉浸於推理小說一世紀半的歐美倒不會是什麼意外，比方說義大利的大導演費里尼便是其一。在一次正式訪問中，被問到喜歡什麼，費里尼的典型華麗答案是：「……九月……奶油杏仁冰淇淋……腳踏車上的漂亮臀部……火車和火車上的便當……空無一人的教堂……以及雷蒙．錢德勒。」

這裡，我們有感而發的是馬羅。

歡迎進入末世

近些年來，住台灣的人似乎不得不追問自己一個頗不舒服的問題：我們似乎已確定了自己是活在一個末世之中，這怎麼辦？

每個人也許都有他無奈程度不等的應對之道。比方說，更多的宗教和寬恕，更多的律法和報復，更多的犬儒和譏誚，更多的虛無和沉默，更多的逃避和移民云云。這裡眞正想說的是，我們絕不是人類歷史上第一批發現自己身陷如此處境的倒楣之人，某種程度而言，人類對如斯處境還堪稱經驗豐富，不信，我們可以去問問孔子莊子，問斯多噶學派，問狄更斯或托爾斯泰，問福克納或錢德勒……

知道有別人和我們一樣慘，甚至更慘，並無意藉此得到麻醉劑好高枕放心大睡，而是說，我們可以當重新學習的開始，這樣的認知，讓我們多了學習的動力，學習的對象，和學習時的感同身受，歷歷在目。

二十五美元一天的廉價騎士

菲力普・馬羅是誰？

馬羅是錢德勒筆下「從一而終」型的私家偵探，活在一九三四至五八年的犯罪世界之中，於洛杉磯開一家沒女祕書的一人偵探社，是一天才值二十五美元的廉價騎士，未婚，如當代美國推理名家格雷芙頓所說的「抽太多菸喝太多酒」，不介意挨揍，狀況需要也不介意出手打人，但善良、正直、敏感且高貴無匹——好，對台灣的政客和董氏基金會，學習的第一課來了，人貧窮、抽菸或喝酒不見得就不高貴，僞善、不義且胡言亂語才是，卓別林默片中的流浪漢如此，山田洋次「男人眞命苦」系列電影裡的車寅次郎如此，馬羅亦如此。

而馬羅同時也是推理小說史上的里程碑人物，是冷硬派私探的先驅者。

說到這裡，我們便不能不提一下所謂的「美國革命」——美國革命是推理小說在美國的一次大轉向，時間大致從二〇年代開始，他們厭倦了傳統古典推理那種「一具屍體、一點蛛絲馬跡、人人看起來像凶手」的純邏輯遊戲，宣稱眞實的人生、眞實的犯罪和謀殺根本不是這樣子。他們要清理掉爐火邊安樂椅上動口不動手的矯飾貴族氣息，讓推理小說走到太陽底下的殘酷大街來。

這些帶種的作家起步於廉價的《黑面具》雜誌，卻成功在大西洋這一岸聳立起偵探小說的另一高峰，和推理原鄉的老英國岸然相望——其中，立於峰頂至今無人能超越的兩大宗師，一位是稍早的達許・漢密特，另一位便是雷蒙・錢德勒。

推理外面的世界

問題是，好端端的爲什麼漢密特和錢德勒等人要忽然激動起來，握筆如刀要進行如此暴烈的推理小說革命行動呢？

很大一部分答案不在推理世界裡，而是跟外在大環境有關。

香港的名家梁濃剛曾銳利的指出，錢德勒的小說總在一開始就明白揭示出，最好的時代已然過去，最好的美國已然過去，最好的價值已碎裂片片，散落在大街暗巷偶爾閃著寂寞的寒光，最好的人亦已碎裂片片，艱辛活下來的人皆已不再完整，皆已畸零了；國內的名家詹宏志更進一步指出，不止錢德勒的作品如此，事實上，這正是美國犯罪小說看待現實世界的方式，是半世紀來美國犯罪小說的哲學基礎。

換句話說，這是一組試圖在末世之中反覆思索，不打算簡單逃進書房的動人小說。

怎樣的末世呢？我們知道，若時間從二〇年代算起，意思是人類才剛剛被一次世界大戰的大殺戮嚇醒，在短暫的復甦和瘋狂之後，馬上像坐雲霄飛車般衝向史無前例的全球經濟大崩潰，跟著又上演莫名死去八千五百萬人的二次大戰——其間，所有安穩的、你深信不疑的東西全沒了，人類過往對萬事萬物的基本理解和信念無不回過頭來猙獰的嘲諷你，人類得在怵目的文明廢墟中痛苦思索並重新定義：人到底是什麼？生命到底是什麼？家庭社會國家到底是什麼？……

四個偉大的名字

而這個末世的年代（二〇至五〇），正正好也是美國小說的史詩時期，是美國文學史空前絕後的高峰，貢獻給這個世界四個偉大的名字，除了錢德勒和漢密特，還有福克納和海明威——他們處於同樣的劇變年代，同樣感受人類的狼狽處境，也同樣寫出一部又一部格局壯闊且姿態強悍的小說來回應，差別之處在於，後兩者去拿了諾貝爾獎，前兩者流浪於謀殺大街罷了。

福克納在他著名的諾貝爾獎致謝辭中說：「我深信人不僅僅只是能忍耐，他也將得勝，人的不朽，不只因爲他是萬物中唯一具有永不耗竭的聲音者，而是因爲他有靈魂——使人類能同情、能犧牲、能忍耐的靈魂。」

有意思的是，我們讀福克納深沉陰鬱到近乎絕望的一部部小說，在其間並不那麼容易找到如此光亮勇敢的聲音，這段話，倒像是爲菲力普·馬羅量身訂製的，是錢德勒創造這個人物的最準確註腳。

一片橄欖葉子

錢德勒在他七大長篇中專注的使用馬羅，當然是故意的——他不是想寫一個可供讀者有情感固定投射對象的迷人偵探而已，他是下定決心要打造出一個典型，如米開朗基羅雕塑大衛像。

錢德勒從來不是逃離現實的天眞之人，他不會不曉得社會進展的遲緩和人事的匆匆往往不成比例，世界要返正，信念和價値要重建，通常無不需要漫漫長日，正因爲這樣，身陷其間的人才容易絕望，而且往往愈當眞、愈持續思考的人愈容易絕望。

這裡，沒有什麼特效藥型的方便救贖，沒有易開罐式的心靈改革，更沒有呼之即來的彌賽亞。

錢德勒本人在一篇論述文章〈謀殺巧藝〉中，明白揭示了這個心志：他所能提供給這個茫茫世界的救贖，只是出點力氣重建一個人，一個「英雄」，一個「完整的人」，一個「在他自己的世界裡，他必定是最好的男人；而對任何一個世界來說，他也會是個夠好的男人。」

菲力普·馬羅

然後呢？然後我們能拿菲力普·馬羅做什麼？錢德勒不再明白說下去，我個人的看法是，錢德勒沒希冀他來感動世界，追回逝去的美好流光，毋寧是急速冰凍般的把不絕於世的一絲價值留存住，讓我們不至於一無所有。

聖經所記敘的四十天大洪水之後，鴿子銜回了第一片橄欖葉，方舟上的諾亞老爺當然不能拿這片葉子來重建大洪水之後的荒蕪世界，但這卻是個訊息，甚至一個保證，告訴我們事情現在可以重新開始了。

也許就是這樣子吧。

東西與今古——推理史的百年一會

「狄公案」這組小說是極特別的，在推理的歷史上僅此一次，東方撞到西方，古代撞到現代，傳說撞到理性——這使我想起幾年前一樁舊事，當時我幾位出版界、文化界的老朋友不務正業，兼差在某製作公司擔任顧問之職，有廣告公司上門來要拍支信用卡的電視廣告，選中的男性代言人是頑童小說名家張大春，廣告公司的創意人員不曉得這些人跟大春都是二十年如一日的知交舊識，很盡職的介紹張大春此人的人格特質：「張大春先生是個很特別的人，他既不古代，也不現代；既不東方，也不西方——」說到這裡，詹宏志再忍不住了，插嘴道：「我們的講法比較簡單扼要，我們直接說張大春不是東西。」

和張大春不大一樣之處在於，狄公案是個「東西」，它牽涉到兩個東西之人，一個叫狄仁傑，一個叫高羅佩。

逢逢白雲　一東一西

九鼎既成　遷於三國

古人狄仁傑

先講狄仁傑，這組小說的主人翁，也直接就是狄公案中的狄公，他是千年前的古人，東方中國的大唐名宰相狄仁傑。

這個歷史眞有其人的狄仁傑，活躍於中國歷史上極光燦、但也頗尷尬的時期，那就是承繼唐太宗（我個人心目中，中國歷代皇帝的第一名）貞觀之治後，天下承平富庶的唐高宗，到雄才偉略的武則天篡唐立周這段時日，這使得狄仁傑無法像前代名相房玄齡、杜如晦那樣一生順遂無大風險，而是得小心行走於、甚至不得不捲入武氏新勢力和李唐老臣的權力更迭鬥爭之中，還一度下獄幾乎以謀反之罪論死，或直接刑死於獄中，但如此艱厄的處境，也使得狄仁傑有著較特殊的發揮機會。但很關鍵的一點老實說在於，稟性儘管多疑、但腦子極清楚到絕對足稱英明的武則天，終究對他相當信任，聽他的勸諫迎立高宗和武則天之子盧陵王為太子（即日後的唐中宗），並接受他的推薦，超次拔擢正直幹練的張柬之入朝為相。狄仁傑自己死於武則天還在位掌權之時，年七十一歲，而日後正是由張柬之領銜演出，在武則天死後，成功除去了武家勢力，讓中宗順利登基，遂使得這場僅見的女帝改朝換代的權力大風暴，最終只成為大唐宮廷內的超級大茶杯風波而宣告落幕（大致來說，這場權力的爭逐轉移，相當程度封閉在權力的最高層，實際影響一般黎民百姓的很有限，這也是武則天了不起的一面）。

一般史家追本溯源，總是把大部分功勞記在保中宗、薦張柬之、一手預埋返政大唐種籽的狄仁傑身上，稱一代中流砥柱的名相佐國。

狄仁傑本人，明經出身，到位極人臣，整整四五十年歲月，幾乎不見中斷的沉浸於政治權力之中，是相當專業的文官，而在其權力拔陞的路途上，又以斷獄公允如神和直言忠謇不屈最為醒目（一般總把直言歸為人格素養，其實毋寧更來自所謂的專業尊嚴和訓練）。我們從他一生的事蹟和言論來判斷，基本上，狄仁傑當然是個讀聖賢書的儒者，但卻也是個極其務實、嫻熟於政事的盡職官員，這種以儒學為價值體系和哲學背景，而以濃郁法家色澤的精明幹練為治民為官之用，其實是漢代以降最標準的中國「知識分子／專業文官」典型，只是歷來治史的淳淳儒者不太樂意承認法家之學在治政上的重要性而已。

千年漫長的歷史長河之中，如此典型的專業文官，實際呈現當然如光譜般有著高低優劣良窳，但論其最佳表現，則接近今天我們所謂的「開明右派」——勤勉，正直，高效率，信任專業，而且有某種俯視芸芸眾生的迫切責任感，更重要的是，相當程度的理性，不接近鬼神，不胡思亂想，有回歸素樸常識和經驗的基本傾向。

狄仁傑大概就是其中最好的那一層。

今人高羅佩

然後是高羅佩，Dr. Robert H. van Gulik，狄公案的再創作者，生於二十世紀的荷蘭著名漢學家。

高羅佩生於一九一〇年，理論上的正業是外交官，而且曾做到大使，然而，就像某些較奇怪的歐洲人一樣，他極年輕時，便對於「古老神祕」的東方，尤其是東方代表文化體系的中國，起著某種彷彿聽見召喚的勃勃興趣。高羅佩早在念中學時，便自發的學起中文，大學時又加修日文，一副此生非東行不可的模樣。從這個角度來看，我們連他日後之所以選擇外交官為業，都可以視同為這個思考邏輯的一部分，為這個召喚做準備。

日後，他果然以外交官的身分，跑遍了東京、泗水、新德里、貝魯特、大馬士革、吉隆坡等地，以及最重要的，中國重慶，並號稱通曉整整十五國語言——嚴格說起來，高羅佩眞正在中國待的時間並不長，完整的只是抗戰期間的三年而已（一九四二至一九四五），還遠遠不如他二次戰前戰後兩度出使日本的十年時光。

更有意思的是，與其說他是個現代的歐洲外交官，毋寧說他是個清代的遺老文人之類的，他對中國的興趣相當「古老」不說，而且嚴重集中在傳統的俗文化方面。他學古琴，學書畫，收集古玩、古圖書、古琴譜、古畫譜等等，對於大傳統的文化思維並不怎麼有興趣，對於當時陷於抗戰泥淖、徬徨於現代化十字路口、糾纏於國際性以及本國的權力交錯鬥爭網絡裡的中國現況，則不只視如不見，而且多少還心存鄙夷。

高羅佩的漢學研究，最爲人稱著的是他對明代中國性學的文本搜集和研究論述，多年以後，這個成果繞了世界一大圈，又重新回到中國人的土地上來，前些年在台灣出版界曾掀起小小波瀾的《祕戲圖考》，正是高羅佩的這份傑作。

再來則是他根據明代公案小說老《狄公案》所改寫的十六部只此一家的有趣推理小說，Judge Dee，不好不倫不類弄成狄法官什麼的，因此仍老實譯回《狄公案》。

傳說之神

要特別解釋一下的是，我們開頭所說的所謂「傳說撞到理性」一辭，指的並非眞實世界裡的狄仁傑和高羅佩兩人古今相會（老實說，狄仁傑可能比高羅佩要理性也說不定），更不是粗暴的中西文化二分法，而是藉此凸顯這組推理小說的特殊書寫緣起及其過程。

傳說，指的是老《狄公案》原是明代流傳於中國民間的一部公案小說。

正如今天一般人比較熟悉的《包公案》，所謂的公案小說，係傳說中古代中國某個了不起官吏的斷獄故事，以一個天縱英明、威武不屈，甚至於有著天上神仙星君來歷的人物（如包公、狄公）爲中心，佐以聰明忠直的師爺參謀（如公孫策、洪亮），以及作爲耳目爪牙的幹練衙役捕快（如王朝馬漢、馬榮喬泰），什麼樣的沉冤奇案，無不應聲而破手到擒來，非常過癮。

當然，既是民間的傳說，表現的自然是民間的理解、期盼、以及想像力，不必對正史負責，比方說《宋史》裡的包拯只是個平淡無奇的官員，不像狄仁傑至少有「歲中斷久獄萬七千人，時稱平恕」的威風事蹟，而故事中的人物，情節、語言乃至於各種食衣住行細節，也不必精準如所描述的時代。

此外，也不可避免的必定充斥著各形各狀的陰陽鬼神之事，尤其是辦案陷入膠著，故事難以突破，甚至編不下去的關鍵時刻，不是辦案的×公到古廟一場假寐，有冤魂入夢來一五一十解明案情，便是遇見凶險瀕臨殞命之際，有神仙念在昔日大家天庭同事一場的情誼，特別顯靈來示警救援云云——這原是民間故事傳之久遠的「自然流魔幻寫實」典型手法，如台灣話講的「想無步，用仙渡」。

理性之路

至於理性，指的是高羅佩改寫《狄公案》所援引的西方書寫傳統：理性的古典推理手法。

其實高羅佩在《狄公案》這部小說之中，最早的角色扮演是單純的「譯者」——他原本想的只是將這部公案小說介紹給歐洲人而已，然而，在一九四九年此一譯作出版時，高羅佩曾順勢對處於推理小說第二黃金期、非常熟稔推理小說創作和欣賞的歐洲人呼籲，建議可以用中國公案小說的體例和形式來書寫推理小說，但由於無人接招，最終這位精力過盛、且不怎麼務正業的外交官決定自己來。

這正是今天這十六部《狄公案》小說的由來，與原本流傳在中國的老《狄公案》已大異其趣。

首先，精通中文的高羅佩在改寫小說時，還是很愼重的以他更得心應手的英文來書寫；其次，他還自己爲這組小說繪製插圖，其中較特別的是，研究性學的高羅佩總忍不住把畫中的焦點女性畫成裸體，不管是家居的大廳，或是狄公問案的公堂之上。而眞正最重大的改變還是在於，這爲數十六部的《狄公案》，其案情的鋪排和破案的手法，基本上已揚棄了原公案小說那些公堂用刑威嚇逼供，以及仰仗鬼神解開關鍵的方式。新的狄公，與其說是高坐公堂之上的官員，毋寧更接近四下尋訪、以邏輯推理爲破案指引的偵探，就像我們所熟悉的福爾摩斯、白羅、艾勒里・昆恩那樣。

至此，《狄公案》正式進入歐美的百年推理小說長河之中，但它的豐碩歷史色澤，它的中國民間生活及趣味（其實更接近宋明而非大唐），以及它創造的中國古代神探狄仁傑，在在都讓它在這道長河之中閃爍著獨一無二的動人光芒。

回歸真狄仁傑

斷獄如神，不藉陰陽，而以理性和專業的指引以找尋最終的解答，很有趣的，沒讓高羅佩筆下的新狄仁傑成為披著大唐官服的西方神探，而是繞一大圈回來，更接近新舊《唐書》裡那個眞正的一代名相狄仁傑。

儘管和西方的理性發展之路不同，規格有異，因此不好橫加附會比較，但古來中國的讀書人思維傳統之中，一直相當理性，不是柏拉圖式那種決裂於現實世界的數學式理性，而是某種傾向於常識與經驗的素樸理性——我想，這個源頭主要來自孔子這個極其特別的人，這個人在沒有足夠歷史條件的支撐下「提早」出現，在思維上異樣的自由與成熟，他對鬼神存而不論，不追問萬事萬物起源，不找尋終極解答，對經驗世界的細節始終趣味盎然，對現實世界的諸多變數和干擾始終保持高度的警覺，因此，他不願也無法建構化約的、線條簡明的思維體系，對情境不同的相似問題，給與不同的建議和答案，在極容易趨於沉重的思維世界中，始終自由而靈動，就像他始終喜歡散步遊山玩水、始終嚮往無拘無束的田園生活一般。

從這個人的思維在中國歷史早早得勝（過度得勝，因此很遺憾的阻擋了其他的平行可能發展）之後，中國的讀書人便相當程度走上了如此的素樸理性之路，也正是這個特質，才讓十七十八世紀歐陸的理性主義者如萊布尼茲、如伏爾泰讚歎不已——當然，其中存在著某種程度時空隔絕的誤解，以及他們個人主觀期盼的投射。

狄仁傑，基本上便是這條路上的讀書人，他諫唐高宗不可怒殺砍伐先帝陵墓柏樹的薛懷義，不可大肆株連造反的越王黨羽兩千餘人，乃至於抗顏擋下武則天欲立姪兒武三思為太子，憑藉的便是不可屈撓的強大理性認知和分析；而狄仁傑同時又是極少神祕思想的人，最清楚的是，他在兼領江南巡撫使時，一口氣毀去號稱「吳楚淫祠」的寺廟達一千七百所之多（某種程度來說，我們還眞希望今天台灣有狄仁傑這樣的人，來好好整治那些公然佔山爲王、破壞自然水土、而且假借神佛之名騙錢行種種惡事的諸多寺廟神壇，不用更多，同樣拆個一千七百家就好），晚年又奮勇勸阻信佛的武則天耗費鉅資建造大佛像。

這當然和老《狄公案》小說裡那個庶民流傳想像、憑靈感辦案、且動輒鬼神佑助的狄公長得不大一樣。

這沒得好說的，廣闊蕪雜的民間有它自己的想像、期盼、猜測和頑固認定，不只公案小說如此，其他加油添醋的平話小說亦復如此，英雄人物的神格化，上流生活的奢華化，人生現實的戲劇化簡明化，甚至女性的徹底美豔化，這自有其理路和需要，更有其意義，不必強人所難硬要回歸眞實。

比方說，中國歷史裡絕大部分時間的眞正通貨是銅錢，銀兩的鑄造主要是方便地方的稅金上貢運輸所用，但小說戲曲裡不管哪朝哪代，大家總是背著沉甸甸又找不開來的好幾百兩銀子跑來跑去（很容易出現像馬克．吐溫戲謔小說〈百萬英鎊大鈔〉裡那種尷尬逗笑情節）；又比方說，在民間小說戲曲之中，出人頭地的最高境界，莫過於武夫安邦定國，文士狀元及第，從而娶到皇帝美麗的女兒，然而，誰說得出來中國歷史上有哪個名相名將身兼駙馬如賴國洲那樣？事實上，以狄仁傑所在的大唐來說，皇帝的女兒，一般嫁的是當時豪門世家（從晉代的門閥政治以後，豪門世家的存在一路延續到唐朝來，而且還代代有白紙黑字的排行榜）的公子哥兒，這些駙馬爺十之八九沒多大出息不說，在唐朝女權高張的宮廷生態中，如果我們去翻翻正史裡的后妃列傳，會一再發現，皇帝總要在公主出閣之前，苦心勸戒自己嬌貴的女兒，千萬要記得對待公婆以禮，而且不可欺壓駙馬那個可憐蟲。

一肩挑的正義

然而，高羅佩所改寫創造出來這個理性問案的狄公，較之古典推理的眾多神探，還是保有著不少特異之處，其中最有意思的是，中國古來的政治機制，讓他同時兼具了神探、檢察官和法官的多重身分，而且必要時，他還扮演補充法律漏洞的民間行俠仗義英雄。

這是全功能、方便好用的正義新機型。

這種一肩挑的、從上游原料到下游成品銷售的正義果報，的確很撫慰人，尤其是時代不好，一般善良百姓都油然生出「統統抓起來」、「寧可殺錯不可放過」的不平心理之時——比方說，我們近日看到台灣新上台的執政者宣誓掃黑金，但壞人仍一旁逍遙，抓犯人的檢方和判犯人的法官卻先幹起來，猛開記者會互揭瘡疤的令人搖頭歎息時刻，很多人腦中很自然便會浮現出故總統蔣經國的模樣，或更古老更直接，額頭有著月牙圖樣（胎記？刺青？貼紙？傷痕？）的鍘人包青天。

高羅佩為古典推理小說所研發出來的全功能新機種，在真實的人類歷史之中，其實是行之已久的老機器，一般我們可泛稱之為「開明專制」。

從柏拉圖以降，一直不乏有認眞負責的政治法律思維者，認定開明專制是人類社會最好的制度，但困難在於，這麼好的東西卻沒幾個腦筋清楚的人敢主張，原因很簡單，它沒有附帶有效的、讓人放心的防腐劑，時日一久，尤其權力轉移之後，先消失的總是開明，頑強留下來的總是專制，所以有人笑稱開明專制是奇花異草，稀罕美麗，但染色體不全，產生不了後代。

所以說，這種撫慰人卻又讓人不安心的開明專制，最佳的存活地點在哪裡呢？我個人的答案是小說，小說白紙黑字的世界，讓它隔離開會分解腐敗的細菌，它永遠理性、開明、有效率，不疲倦也不死去，牛鬼蛇神在它面前無所遁形，過癮。

你說這是逃避現實是嗎？直爽的名作家張北海的回答是：「笨蛋，當然是。」我不敢用這麼親密不禮貌的方式回答，我的想法是，偶爾從煩人的現實世界逃離片刻，是有意義的，也是健康的，讓你保有元氣，有力量跟這個世界繼續周旋，或至少不會發瘋或絕望自殺。

好吧，讓我們愉愉快快進入狄公的正義世界，再健健康康的面對現實社會。

S.S.范達因——古典推理大憲章起草人

聖經舊約中有個巴別塔故事，記在〈創世記〉第十一章：話說諾亞之後，亞伯拉罕之前，人們在示拿地的平原燒磚做石，取漆爲泥，打算建一座城和一座塔，「塔頂通天，爲要傳揚我們的名，免得我們分散在全地上。」這個驕傲的大志震動了天上的耶和華，於是耶和華變亂了人的口音，讓世人言語不通，遂令城塔的建造不成——巴別，意思正是變亂。

在類型小說的世界中，也有一批差不多驕傲的人，我們稱之爲古典推理作家，在這批作家的小說中，我們幾乎遲早會讀到這麼一段狂妄的話：「這是我所知道（或刑案史上，或人類自古以來）最複雜、最聰明、最難以破解的犯罪案件。」想想，凶手的聰明已是歷史僅見了，而書中那名居然還能順利破案的神探，意思不就等於智慧超越了所有世間的活物，像想望中的巴別塔一般直指上天嗎？不只如此，我們應該會更進一步想到，那名躲在後頭，力能創造出如此神人凶手加神探的古典推理作家，其更勝一籌的智慧，我們除了仰望膜拜之外，還能用什麼人間的言語來呼他的名呢？

有時你不免得懷疑，這些個古典推理作家難道都是天蠍座嗎？要不，怎麼會驕傲得如此優雅而自戀呢？

還好，這批驕傲的作家並沒像造塔的人們一般觸怒天上的神，只招徠一代一代和他們驕傲有拚的不服氣讀者，這些讀者試圖單憑一己之智力，想搶在書中神探之前先找出凶手，好打敗那名洋洋如孔雀般以為國中無人的聰明作家。

從這層角度來看，古典推理長達一百五十年的書寫／閱讀長河，顯然是一場無休無止的智力較量，驕傲的作家在此岸，同樣驕傲的讀者在彼岸。

這回登場的S.S.范達因，也是一名驕傲無比的古典推理大師，很可能還是最驕傲的一個。

讓古典推理回到美國的謎樣人物

范達因是推理歷史上一個關鍵性的里程碑人物，地位十分崇高，其一是他隻手喚回了美國古典推理小說的復興，因此，理所當然公認是美國古典推理小說之父。

爲什麼稱之爲「復興」？爲什麼要講「喚回」呢？因爲古典推理小說的前期發展，正如推理小說的內容一樣，滿詭異的。

古典推理小說始於十九世紀四〇年代的美國奇才作家艾德格・愛倫坡，但對當時的美國社會而言，這幾部推理小說或可稱之爲「提前出現」，原因是以消遣爲目的的推理小說，大體需要較富裕的經濟條件、較悠閒的社會生活和較全民性的閱讀空氣爲栽培土壤，彼時的美國仍稍嫌落後，大西洋彼岸的工業先驅英國顯然是較適宜生長的允諾之地，因此，初萌芽的推理小說種子遂隨風飄過大洋（其實當時的英國也有自家的種子，這有機會再談），迅速在英國蓬勃開來，正式取得了古典推理小說原鄉的地位。

生於美，長於英，如此整整八十年的漫漫時光。

八十年後，40+80=120，也就是二十世紀的二〇年代，本名萊特（Willard Huntington Wright）的范達因出場了，在短短的三年內，他氣勢如虹的連續出版了《班森殺人事件》、《金絲雀殺人事件》和《格林家殺人事件》，一部比一部轟動，美國最著名的推理史家兼評論者海克拉夫曾說《金絲雀殺人事件》：「打破了（當時）推理小說的所有銷售紀錄。」但事實上，第三部的《格林家殺人事件》，不論就品質或就行銷數字來看，又再次狠狠的超越了前兩部小說。

於是，八十年的沉寂如夜，只花了短短三年時間就被范達因一掃而空，其意接近神蹟。他筆下那名高傲、貴族氣息、六呎高修長個子、一碰到美術作品就忍不住長篇大論一番的菲洛．凡斯，亦順理成章成爲美國古典神探的代名詞（我們在往後半世紀美國推理小說中常讀到「你以爲我是菲洛．凡斯啊？」，說的就是這個凡斯）。

很快的，問題只剩下：這個S.S.范達因究竟是何方神聖？這怪名字看起來假假的，而且有如此老練筆法又具備如此扭轉乾坤之力的人，大概不全是新手，那他到底會是誰呢？

從業餘神探到業餘作家

S.S.范達因的確不是新手，在心血來潮跨入推理小說創作之前，他已是一名相當成功有名望的美術評論家。正因如此，他擔心自己從高貴有教養的行業跳入當時很不怎麼樣的推理小說世界，會被認爲「墮落」，特別用了假名，「取自一個家族的老名字以及汽艇（Steam-Ship）的縮寫。」——這個名字讓所有人整整猜了三年，一直到他寫了第四部的《主教殺人事件》時，才正式曝光。

這樣子的「跨行演出」，其實並非范達因首創，而是早期古典推理大師常有的生產模式。

伯奈特在談論古希臘人生活觀時曾如此說：「在古奧林匹克運動會上分三等人，最低的是場邊賣東西的小販，次等是場中競爭的選手，最高一等的人是看台上閒坐的觀眾。」這樣子的觀念，在十九世紀末二十世紀初的古典推理世界，似乎仍然成立。

我們不難發現，古典推理的神探的確多是「坐看台觀賞比賽的閒適觀眾」，他們通常頗看不起形而下的體力勞動，即使大駕光臨命案現場找線索，也是用「心」來洞視，而少見揮汗如雨的滿地爬來爬去找蛛絲馬跡，頂好，是有一名獵犬式的助手人物，會忠誠的把各種錯綜複雜的線索給銜回來，好讓這名四體不勤、獨獨腦袋瓜子異樣發達的聰明人可眼睛一閉、背部往安樂椅一靠，在香菸（思考的象徵和奶嘴）氤氳中發動他的「灰色小細胞」來想出答案。

如此視體力勞動爲低賤的基本生活觀，也決定了這些神探的身分特質。他們是業餘的，自有更高的社會地位和取用不竭的財富或經濟收入，除了福爾摩斯偶然會扮演羅賓漢，狠敲爲富不仁的當事人一筆幾千幾萬英鎊的竹槓之外，破解謎案找出凶手，就私密面來看只是這些人的樂趣，好證明自己高人一等的智慧，就公益面來說則是這些人的天職，好實踐崇高的永恆正義——這兩方面都不太適合收取金錢這等庸俗之物。

當這麼多神探皆擁有如此清晰的公約數時，我們幾乎可以大膽斷言，這一定相當程度反映了寫作者的某種眞相。

了解推理歷史的人都不難察覺，早期推理作家有相當濃厚的「業餘」氣息，他們也和筆下偵探一樣，往往在推理作家這個身分而外，還擁有某個更重要（或正確的說，他們自認爲更重要）的身分和技藝。這從開山祖師的愛倫坡就如此，老實說，他那六部推理小說之所以成爲歷史的里程碑之作絕非始料所及，當時，這只是他一生多樣且多產的眾多作品的一環而已。

這種業餘特質，尤其在這些推理作家寫第一部作品時最見端倪。早期推理小說史上，我們幾乎找不到哪個作家是懷抱著「誓為偉大推理作家」的堅定大志和熱情加入的，反而多是一時興起，伴隨著一種「寫這種小說何難之有，我也會」的不服氣心理，其意接近設計出某個難解的字謎難倒別人，好顯示自己的聰明罷了。

總而言之，推理作家，對他們而言，比較像一種「身分」而非職業，這構成了早期古典推理小說的某種圖像：一群原就聰明驕傲的人行有餘力所開的玩笑和偷偷摸摸的嗜好。正因為只是玩笑和嗜好，遂令這一支小說打一開始就烙上更驕傲的印記。

兩倍的十誡

為什麼這種業餘氣息可讓作品更驕傲呢？答案很簡單：因為本來就沒打算以此維生，所以不必太遷就那些才智愚庸不等的看書之人，只需遵奉寫作者本人內心的理性召喚，把小說弄得愈詭譎愈好——這情況，差不多到四〇年代才逆轉過來。

我們知道，一種以身分而非以職業聚合的小團體，通常很容易發展出某些更嚴厲的守則和戒律，好清楚區隔開圈內圈外，來維持自身的純淨性——早期的古典推理正是如此，很長一段時間，他們對界定「推理小說是什麼」相當在意，這與其說是學術分類的樂趣，倒不如視為「會員」身分的確認。

也因此，這種「推理小說是什麼」的界定，通常採取的反倒是否定表列的「推理小說不是什麼」來進行——這些「非我族類」式的宣告，推理史上俯拾可得，包括諾克司說，推理小說不可有超自然的力量介入，偵探本人不可是凶手，以及破案得依據可證實的推理，不能出於意外等等；或像佛利民說，幽默以及人物性格和場景的描述均屬次要，必要時皆可犧牲；或像榭爾絲說，愛情在推理小說中不該有分量，尤其是書中偵探更不得涉入情愛。

更具體的一次發生在一九二八年，當時英國的推理俱樂部要求它所屬會員鄭重立誓，書寫小說必須嚴守推理準則，不可立基於「天啓、女性直覺、巫術、欺詐、巧合和上帝之手」。

然而，推理歷史上最全面、最完整、最嚴厲、也最光明磊落的戒律，公認還是出自於范達因之手，他題名爲「推理小說二十守則」——本來應該只有十九條，但既是奇數且是質數的19，不符合范達因高度均衡對稱的理性要求，因此硬被他湊成完滿的二十條，這讓人想到克麗絲蒂筆下同樣有理性對稱癖的大偵探白羅，「我常遺憾的是，雞蛋爲什麼不是正方形。」

從這二十條銘之金石的鏗鏘有力戒律中，我們可清楚看出范達因是多驕傲的一個人。爲了維護古典推理的純粹理性，而且不願勝之不武、希望和讀者進行光明而公正的對決，范達因要求棄絕一切不合理的欺瞞手法，並不惜把文學性的曖昧描述和尋常小說的亙古主題愛情給驅趕出去，此外，一些過度使用、已成公式的舊式詭計也不該再用，如此的「唯理是從」，讓人不能不想到爲了維護理性的至善，不惜把詩人全逐出理想國的嚴厲柏拉圖；乃至於從西奈山舉著石碑下來，命令以色列「不可殺人。不可姦淫。不可偷盜。不可貪戀人的妻子……」的先知摩西——差別只在於范達因的條文數量是摩西的整整兩倍，是推理小說「兩倍的十誡」。

純淨的理性之旅

這些戒律，他們有遵行嗎？

老實講，就跟當年那群冥頑的以色列人一樣，犯規的遠多於聽話的。這其實極正常。對創作活動有一點起碼理解的人都曉得，創作通常「先於」分類和規則，反之不亦然，因此，所有的戒律、分類規則和秩序，只是某種「理想」狀態，方便於我們理解、記憶、溝通而已，就像名推理史家朱利安·西蒙斯說的，幾乎所有推理小說都是「混血」(Hybrid)，所以說，我們仍一再從號稱古典推理小說中讀到愛情，讀到細瑣的描述，以及讀到一些更不該讀到的——巧合、意外和種種欺瞞讀者的不太光明手法。

這其實也正是范達因另一樣最特別的地方。除了一碰到美術的老本行仍會忍不住滔滔議論起來之外，基本上，范達因相當遵守他傳之推理史的二十戒律，包括他一生共計十二部的推理名著，書名樸實無華，全部題名爲「××殺人事件」，很顯然是個嚴以責人但更苛以律己的誠實之人。

往下，閱讀范達因的小說，將會是一趟純淨但有點辛苦的理性之旅，只有以聰明爲樂的人得以居之，然而，正像柏拉圖所說的，最美好的事物只會在漫漫長路的末端顯現。

大倫敦的另一種謀殺——約翰·哈威暨警察程序小說

「這個城市的罪犯都喪失想像力了嗎？」

這句換由你我來說可能會被人用石頭打死的話，係出自古典第一神探福爾摩斯之口，而被他批評爲無趣的這個城市則是倫敦，古典推理王國的首都，小說中最殺人如麻的所在，一九九五年美國現役推理小說家集體票選，全世界第二適合謀殺的城市，僅次於紐約。

爲什麼會輸給紐約？票選結果沒附帶解釋，我個人的猜想是：第一，美國作家的本上意識作祟；第二，現實世界之中，倫敦的治安狀態一直遠遠好過紐約，這點吃了虧；第三，我以爲，在小說中倫敦被謀殺的人口數儘管遠遠高於紐約，但它卻是個謙遜的謀殺之城，它不太露面。

倫敦不太露面的原因很簡單，因爲這裡生長的謀殺案主要隸屬於古典推理的範疇。

古典推理小說，是類型小說的一支，而且是最具傳統、最發達的類型小說，因此它也明白體現了類型小說不太食人間煙火的封閉性格——古典推理小說寧可費盡筆墨去描述一幢古屋、一座大宅第的圍牆、庭院、房門窗戶、通道、樓梯、房間、房間裡的種種布置配備，以及最重要的，房間裡那具莫名死去的屍體，房門外圍牆外的大倫敦市只是個約略的存在，我們背著行囊走在倫敦街頭，當然可以在貝克街地鐵站的白瓷磚牆上看到滿排的福爾摩斯剪影，並循線追到貝克街二二一號B座的小小福爾摩斯紀念館；我們也可以到書店林立的美好查令十字路找到名爲Murder One（一級謀殺？）的推理小說專賣書店，但差不多也就這樣子了。基本上，我們看到感受到的只是一個有著豐饒歷史層次和美學且治安不惡的世紀大城，謀殺，彷彿隱身在一幢幢你看不到、也不便探頭進去的人家深處，很難連接上你閱讀記憶裡那個模糊存在的倫敦。

眾裡殺他千百度，驀然回首，倫敦，仍在燈火闌珊之處。

吃三明治的探長

但約翰・哈威筆下的謀殺案和英倫世界不是這樣子。

約翰・哈威是當前英國推理小說界的怪傑，在他筆下，如此的英倫城市不僅清楚存在，而且和謀殺案一體成形不好分割。哈威所用的中心偵探是一名任職警局的探長芮尼克，這位探長很難讓我們聯想到那種喋喋不休、不講話唯恐人家會不知道他有多偉大的神探；相反的，他異常的沉默，有老警察和老於人生世故的疲憊，生活中和居於城市的你我一樣，不僅乏善可陳，而且不如意之事十常八九。芮尼克好吃，但人到中年得時時爲體重煩惱；他老婆和情人跑掉了，只能獨居並自行料理三餐，但他還是有能力也有餘裕養了四隻懶怠不堪的貓；可能因爲婚姻不順利加上職業並不體面，芮尼克對漂亮的女生有自卑感，當然，這也偶爾弄拙成巧，使他之於較具母愛的女生有一種魅力。對芮尼克而言，生活中最沮喪的一環，倒不見得是凶手一時還抓不到，而是他支持的兩支足球隊老是吃敗仗。這一點居住國外有職業球隊城市的人都知道，城居生活往往並沒有這方面的選擇自由可言，就英國足球來說，曼徹斯特的曼聯一直是全英國最頂尖的球隊，但你一天不把家遷居到那裡，你也就只能忍受自己城市的球隊動輒被人家糟蹋痛宰，這是城居生活必要的惡之一。

我個人覺得最有趣、最活神活現之處是，芮尼克對三明治的熱愛與執著——你完全曉得爲什麼會這樣。英國是出了名整個歐洲食物最糟糕的地點之一，旅遊英國又經濟上不允許上少數大館子的人，品類還堪稱豐富的三明治是不算壞的抉擇，生活於英國又不富裕的芮尼克，於是很可思議的把它轉變成一種藝術。芮尼克說，「三明治可大有講究，它必須有兩種味道截然不同卻相輔相成的作料，比方說脆與軟，甜與酸，然後再用芥末或酸辣醬調和，最後還要配上水果……」

這當然都不是古典推理的樂趣，而讓人想到大西洋另一側的美國冷硬派小說——沒錯，事實正是如此，哈威便不止一次談到冷硬派寫實小說對他的意義和召喚，並一再提到雷蒙·錢德勒，他是英國推理作家的軀體中躲藏著一個美國冷硬小說的凝視現實靈魂。

只除了芮尼克不是私家偵探，公職在身，因此，比較合宜的歸類應該是冷硬派所衍生的「警察程序小說」（police procedural novel）。

真的警察

在人類犯罪的繁複範疇中，古典推理有很多的忽略和簡化，偵探和警察的著墨是其中一種，大體上，他們被誇大成爲僅有的兩類：一個聰明到不可相信的神探，和其他一大把笨到不可思議（而且再多教訓也學不會）的警察，「愚蠢」這兩字，似乎是小說中警察甄試任用的唯一條件；然而，笨歸笨，古典推理小說中的警察通常卻正直得很，正直到令人生厭。當然，他們也可能會小心眼，會自作聰明，會爭功和鬧彆扭，也偶爾因此小小妨礙了破案，但他們內心深處銘刻的人世正義信念可堅強得沒話說，不爲勢劫，不因笨改。

這怎麼可能會是眞的呢？——不待誰來提醒，不必和警察打過交道，不用有報案而被警察吃案打發回家的紀錄，不需要做小生意塞過紅包給警察，更毋需擁有因犯罪或示威抗議被警察扣押修理的慘痛經驗，你只要一天人還活著，便該具備著這種本能般的現代社會常識。

於是，古典推理對這群「法律捍衛者」的簡化和虛矯，便像留下了一塊處女地不加開墾一樣，很自然會吸引一批看不過去的人過來，這就是警察程序小說。

警察程序小說由兩個明晃晃的英文單字所組成。上頭的Police，標示出以警察爲書寫的焦點，既然如此，便不好安放某種不怎麼像警察的警察，當警察必須像個警察，我們便不陌生了，他們不再是胸懷正義天職的特殊人種，而一樣是以此職業掙錢養家過活的正常人，凡是人的缺點他會有，人的不可靠美德或善念他也可能有；他不至於太聖哲睿智，因爲，對不起我們實話實說，這樣的人不太可能當警察或長期留下來；但他也還不至於愚魯不堪，因爲多少受過訓練和要求，擁有多多少少的專業知識；而且因爲接觸罪惡之事比尋常人多，也不免會老於人情世故，甚至傾向犬儒虛無。

把這樣的人擲入犯罪第一現場，要他們擔負起正義的第一線追索者和捍衛者，這是所有人類社會的眞相和情非得已，不待說，這樣得出來的正義也就永遠是打了折的、扭曲的、破破碎碎搖搖晃晃的，不可能透明一如我們悲憤的想望，更注定了和古典推理那種不顧一切的正義實踐分道揚鑣。

當然，如果小說只是以盡可能眞實的警察爲書寫對象，那和一般的警察爲主人翁的普通小說有何不同？何必要費事歸類成另一種小說呢？這便要說到程序「Procedural」這個字了。

人的機器

程序這個字放在警察身上，我們第一感想到的可能是警察逮捕犯人那段老詞兒：「你可以保持沉默，你所說的任何話都可能成為呈堂證供，你有權聘請律師，如果你無力聘請，國家會替你安排一位——」這顯示了，警察在執行公權力時要遵循一定的繁瑣程序，常見的有諸如不可刑求逼供，扣押嫌犯有一定的條件和時限，沒有搜索令不得侵入民宅搜查，不合法取得的證據不具備法律效力等等。

作為一個隔山觀虎的讀者，我們通常會對這類勞什子甚煩，因為它們妨礙了破案，遲滯了正義；但在真實世界中，對警察的如此綁手綁腳卻屬必要，因為警察是合法的武裝者，代表並執行國家的獨佔暴力，人類的慘痛教訓告訴我們，若不加一定程度的節制，有極大的機率他們會、而且事實一再證明翻臉成為合法帶槍的流氓和暴徒。

然而，警察程序小說的「程序」，其真正意涵並不是、或說不只是這些。總的來講，這個所謂的程序指涉著背後的層級化組織結構，程序的發生乃肇因於這個組織結構的存在。

我們這裡所說的結構，並不是指法國結構主義者所楬櫫的那種「事物的關係網絡」，沒那麼深奧，而是尋常可見，或可稱之為「人所組成的機器」。生活在二十世紀末的今天，我們對這類組織結構的存在絕不陌生，事實上，我們是習焉不察或習焉很察的日日與它們相處，或生活於其中，比方說，我們每天上班的公司便是，上從董事長總經理，下到小妹工友接線生，是個層層疊疊的組織結構；而我們也很容易察覺到它有別於我們每一個人的目標和意志，也很容易感受到它之於我們的不舒服束縛之感，更經常的，我們會痛恨它的愚笨遲鈍和沒同情心，彷彿永遠只是一堆表格，一堆數字，一堆浪費生命的例行公事，和一堆不知變通的規定云云。

是的，當一個科層化的組織結構夠龐大時，人反而成爲這個大機器的零件。人的信念和價值很難存活其間，只有這個機器自身的意志和目的，以及遂行這意志和目的的既定運作程序——現代國家的警察系統便是這麼個大機器，而正義，卻是個高度思辨性的複雜價值，兩者很難不起扞格，最終，這個正義的尋求便嚴重縮水，只能體現在運作過程的合於規章之上，這便是所謂的「程序正義」。

但麻煩在於人不是個沉默無感的零件，他仍會保有自己的（對機器而言是多餘的）價值和信念，這個價值和信念愈堅強愈熱切，他就注定了愈難成功扮演一個完美的零件，會時時衝撞到這機器的意志和運作，暴露出這機器的局限和貧血，並爲個人帶來迷惘和痛苦——事實上，這個永不可解除的衝突點，正是警察程序小說的經常性焦點，它所描述的不論就意義或技術上，都不會是已然徹底「零件化」的警察，而是個聽得見一定分貝（不管多微弱）正義召喚的警察，如此，兩線同時開戰勢所必然：一邊是犯案仍逍遙法外的凶手，另一邊則是這個轟轟然的龐大機器。

也無怪乎生存在這種夾縫中的警察程序小說，總是孤單的、低黯的，而且沒有完成。

畢竟，一時的凶手可能在小說結尾逮到，但另外那個一旁訕笑的大機器彷彿永不可能被眞正撼動。

想像之地

讓我們回到福爾摩斯對倫敦及其罪犯的慨歎來。

眞實的世界中，罪犯只負責犯罪，不負責想像；相對的，科層化的警察機器只是一套操作程序而已，不必也不允許什麼想像力。

然而，我們走在倫敦街上，看著人群街道，看著或古或新的建築，看著商家書店博物館公園，看著沉靜的泰晤士河和河上一座座美好的橋梁，想像力卻永遠熱切的回頭來找到我們——它或不存在冷血的殺人和疲憊無趣的緝凶之中，但它存留於你掙扎生活的廣漠時空之中，存在於一種受挫的情感、價值和不肯讓步的信念之上，存在我們意識到自我的零件處境並回頭瞻望我們活著的城市之時。

想像一下，天堂並不存在，
想像一下，我們的腳下也沒有地獄。
抬頭看見的，
只是湛藍無垠的天空。

想像，正如昔日約翰・藍儂的Imagine，是一種人的超越和救贖，而不僅僅是遊戲——這是約翰・哈威的芮尼克小說和他的英倫世界。

死亡的翻譯人

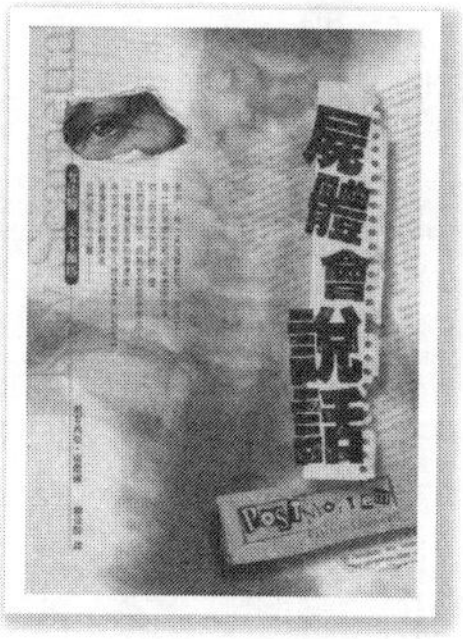

日前，我個人在Discovery頻道上看過一支有關法醫和刑案的影片。因爲豐碩的法醫知識和經驗而成爲眞實世界神探的李昌鈺博士，也在片子裡露了一手，他示範了人體血液從無力滴落到沛然噴灑所造成的不同現場血跡狀態，並由此可重建致死的原因、方式和眞確位置。這個絕技他拿來應用在一名警員車內殺妻卻謊稱車外車禍致死的駭人刑案，李昌鈺從噴灑在車前座、儀錶板以及車窗上的血跡（該警員宣稱血跡是車禍之後，他把妻子抱入車內所造成的），證實死者當時係坐在駕駛座旁，血液噴灑的出處也全部來自同一個點，相當於死者頭部的高度，而且只有鈍器的用力重擊，才足以造成如此大量且強勁的血液噴灑——和我們絕大多數的推理小說結局一樣：他漂漂亮亮的破案了。

該影片一開頭爲我們鏗鏘留下這麼兩句話：每具屍體都有一個故事，它只存在法醫的檔案簿裡。

談到這個，我們得再提一下E.M.佛斯特，這位著名的英籍小說家以爲，人的一生是從一個他已然忘記的經驗開始（出生），到一個他必須參與卻不能了解的經驗結束（死亡），我們只能在這兩個黑暗之間走動，而兩個有助於我們開啓生死之謎的東西，嬰兒和屍體，並不能告訴我們什麼，「只因爲他們傳達經驗的器官和我們的接收器官無法配合」。

我們當然了解，佛斯特所說的生死之謎是大哉問的文學哲學思辨之事，但他「訊息」和「接收」兩造之間無法配合的俏皮話，卻爲我們留下一個滿好玩的遊戲線索來：是不是其間失落了一個轉換的環節呢？是不是少了一個俗稱「翻譯」的東西呢？

在人類漫長的歷史裡，其實這個翻譯人的角色一直是有的。

至少，我們曉得的就有這麼兩個職位，其中較爲古老的一種是靈媒，靈媒不僅較古老，翻譯的野心也較大，他試圖把佛斯特所言「結束那一端的黑暗」裡的一切譯成我們人間的語言，但也許正因爲他宣稱的管轄範疇實在太遼闊了，太無所不能了，因此反而變得可疑，讓人愈來愈不敢相信他譯文的「信達雅」。

另一個歷史稍短的我們今天則稱之爲法醫或驗屍官（但這也不完全是現代的產物，很久很久之前，我們中國人曾叫他「仵作」）。相形之下，這個翻譯人就謙卑踏實多了，原則上他並不瞻望眞正的死後世界種種，他也不強做解人，他關心的只是死亡前的事，尤其是進入死亡那一瞬間的方式和原因，但他是信而有徵的，禁得住驗證。

從文學、法醫到警務

派翠西亞·康薇爾所一手創造出來的凱·史卡佩塔便是這麼一位可堪我們信任的死亡翻譯人，維吉尼亞州的女性首席法醫，這組推理系列小說的靈魂人物。

凱·史卡佩塔的可信任，從結果論來看，充分表現在她從質到量的驚人成功上頭，舉例言之，一九九〇年她的登場之作《屍體會說話》，一口氣囊括了當年的Edgar、Creasy、Anthony、Macavity以及法國的Prix du Roman d'Adventurei等大獎；而又比方說整整六年之後的一九九六年三月一日，這個系列的六部著作同時高懸《今日美國》的前二十五名暢銷排行之內，分別是第一、第二、第八、第十四、第十五和第二十四。

事情會到這種地步，想來不會是偶然的，必有理由。

我個人的看法是，在這裡，康薇爾成功寫出了一個專業、強悍、實戰派而且禁得住科學挑剔的罪案工作者。身為一個實際上和一具一具屍體拚搏的法醫，而不是抽著板菸夸夸其談的安樂椅神探，這樣的小說基本上有著一翻兩瞪眼的透明性，因為她的揭示工作，不能仰仗語言的煙霧，乃至於「弄鬆」到用人生哲理、人性幽微或那些「扯哪裡去了」的語言自圓其說，檢驗她的不是高度唯心不確定的語言論述，而是冰冷無情、說一是一的一具顯微鏡，這種無所遁逃的特質，使得如此書寫的推理小說只有兩種極端的結果：一是再不聰明的讀者都能一眼瞧出的假充內行失敗之作；另一則是結實可信的眞正耀眼之作。

可想而知，這樣的小說也就不是可躲在書房、光靠聰明想像來完成的。

說來，康薇爾的眞實生涯，好像便爲著創造出凱·史卡佩塔而準備的，她原本是記者，而且前夫還是英國文學的教授，然而，她奇特的轉入維吉尼亞州的法醫部門工作，從最基層的停屍處檢驗記錄人員幹到電腦分析人員，最後，在她寫作之路大開，成爲專業小說作家之前，她又轉入了警務工作——就這樣，文學、法醫到警務，三點構成一個堅實的平面，缺一不可。

人的存在

屍體會說話？這是眞的嗎？

我們回過頭來再一次問這個問題，是爲了清理一下某種實證主義的廉價迷思，就像我們經常在生活中聽到，甚至偶爾也方便引用脫口而出，數字會說話、資料會說話、事實會說話……云云。這裡，隱藏著某種虛假的客觀，說多了，甚至好像連人都可以不存在似的。

一具屍體，乃至於萬事萬物的存在，的確都不是當下那一刻的冰涼實體而已，它或彰或隱保留了自身在時間裡的記憶刻痕（最形而下比方說某次闌尾炎手術的疤痕，或體內的某個器官病變受損），這都可以被轉換理解成某種訊息，可堪被人解讀出來，因此，我們遂俏皮的說，儘管它並不眞正出聲，卻仍然像跟我們說著話一樣——這原本可以是積極的提醒，讓人們在實證的路上更積極更深化，主動去尋求並解讀事物隱藏的訊息，叫出它的記憶。

然而，問題在於：這是怎麼樣的訊息？向誰而發？由誰來傾聽？

從法醫的例子到佛斯特「訊息」到「接收」的說法，我們由此很容易看得出來，這個訊息說的並不是我們人間的普通語言，在通常的狀態之下我們是聽不懂的，我們得仰賴一個中介者，一個能解讀兩種不同語言的專業翻譯人。就像一具客觀實存的屍體擺在我們面前，我們大概只能駭怕的發現，它是死亡的，頂多稍稍猜得出它可能是暴烈或安然死亡而已，然而，在李昌鈺博士或我們的凱·史卡佩塔首席女法醫的操弄解讀之下，這具屍體卻可以像花朵在我們眼前綻開一般，神奇的讓我們看到它的死因、它的死亡細節和眞正關鍵，看到我們並不參與的生前遭遇和記憶，以及其他。

神奇但又可驗證，這樣的事最叫人心折。

這個中介者或翻譯者，必定得是人，一種專業的人——這個「專業」，指的不是他的職業，而是他的知識和經驗，並由此堆疊出來的洞見之力。從這裡我們知道，實證主義的進展，最終並非走向一種人的取消，相反的，它在最根深柢固之處，會接上能動的、思維的人。

所謂強悍

也因著這樣，我個人會更喜歡凱，史卡佩塔多一點，就像我也喜歡當前美國冷硬推理小說的兩位奇特私探，分別是蘇·格蕾芙頓筆下的肯西·梅爾紅和莎拉·帕瑞茲基的V.I.華蕭斯基一樣，只因爲她們都是女性。

這極可能是我的偏見，但我的想法是，在男女平權尚未完成的現在，女性的專業人員，尤其是存在著粗魯暴力的男性主體犯罪世界之中，不管作爲私探或者法醫，她們都得承受較多的不利和風險，包括先天生物構造的脆弱和後天社會體制形塑的另一種脆弱，但意識到這樣的脆弱在小說的思維裡是好的，就像大導演費里尼所說，「害怕的感覺隱藏著一種精微的快樂。」我們會看到凱在面對屍體的溫柔和面對罪犯的心情跌宕起伏，正如我們會看到梅爾紅和華蕭斯基在放單面對並不得不緝捕男性罪犯時的狼狽和必然的害怕，這個確實存在的脆弱之感，引領著小說的思維走向一種精微的、豐饒的層次，而不是那種打不退、打不死、像坦克車一樣又強力、又沒腦袋的無趣英雄。

我個人多少把海明威筆下那種提著槍出門找尋個人戰鬥如找尋獵物的男性沙文英雄，以及當代波士頓冷硬大師羅勃·派克筆下的硬漢史賓賽看成是可笑的；對於海明威我寧可喜歡和他同期同名、深鬱細緻的福克納；至於羅勃·派克，他一向以雷蒙·錢德勒的繼承人自居，但老實說，他那位打拳練舉重、一雙鐵拳一支快槍幾乎打遍天下無敵手的史賓賽，較之於高貴、幽默、若有所思的元祖冷硬私探菲力普·馬羅，實在只是個賣肌肉的莽漢而已。

我稱凱・史卡佩塔是專業且「強悍」的女法醫，正如我們大家仍都同意梅爾紅和華蕭斯基仍隸屬於所謂「冷硬」私探一般，我相信，在這裡，強悍冷硬的意義是訴諸一種專業的知識層面、一種強韌的心智層面和一種精緻的思維層面，在這些方面，並不存在著肉體的強弱和性別的差異，要比的，只是如何更專業、更強韌以及更精緻而已。

讓我們帶著這樣的心情，進入這位專業女法醫所爲我們揭示的神奇死亡世界，聽她跟我們翻譯一個個死亡的有趣故事吧。

你從阿富汗來？——二十世紀末福爾摩斯再訪台灣

「你從阿富汗來？」

——這是夏洛克・福爾摩斯一八八六年四月誕生於英國所說的第一句話，對象當然就是日後負責記敘他一生行誼並充當他探案助手的約翰・華生醫生。彼時華生醫生方由阿富汗戰場負傷被遣送歸國，想找一處分租的廉價居所，經由朋友介紹有名怪人亦因著房租太高無人分攤而煩惱，兩人遂因此在大學的化學實驗室初次碰了面。這段經過寫在福爾摩斯探案的處女作《暗紅色研究》；那處分攤的租屋則是攝政公園旁、往後偵探小說世界最重要的一個住址：倫敦市貝克街二二一號B座；而「你從阿富汗來？」這石破天驚的典型福爾摩斯首次推理，也成爲一百五十年推理史上最重要的一句定場辭。

以上有關福爾摩斯出生所說的第一句話，是國內推理小說傳教士詹宏志介紹福爾摩斯時的習慣開頭方式，由於此番臉譜出版公司重譯重製福爾摩斯全集的原始構想係起自於詹宏志，因此，這篇介紹文字亦沿用詹先生的典型說法以爲開始。

我從海上來，帶回來航海的二十二顆星。
你問我航海的事兒，我仰天笑了——

然而，我們此番重看這部《暗紅色研究》很容易發現，彼時正爲著成功找到新化學試劑而雀躍不已的這名神探，他的首度發言其實並沒有如此深沉睿思的況味，而是有點神經兮兮的從實驗桌前跳起，衝過來不說，手中還抓著一支試管。「我找到了，我找到了，我發現了一種試劑，只能用血蛋白來沉澱，別的都不行。」——感覺上比較像被卡通化的愛因斯坦瘋子科學家。

但仔細想想，如此較不偉大的出場方式也很好不是？起碼更接近一般人生眞相不是？畢竟，彼時的年輕福爾摩斯即使再有自信，應該還是不至於知道在未來的四部長篇加五十六個結集短篇探案之後，會成爲歷史上神探的代名詞；而同樣也還年輕的亞瑟·柯南道爾（時年二十七而已），亦不會知道他筆下正創造一個超越愛倫坡的杜賓和威基·柯林斯的霍夫警官的偉大神探，正如同人們尋到巴顏喀喇山源頭的小小滴水之處，會很難想像這居然孕育出長達五千公里的壯闊長江黃河一般。人類歷史的先驅一般總是這樣子沒錯，而且想想看，一個從小就知道自己未來會是個偉人，也因此分分秒秒都緊端著偉人架式的人有多虛僞多可怕不是嗎？

不管怎樣，福爾摩斯開始了。

一個已停止供應的人種

有關福爾摩斯（或寫他的柯南道爾）有多重要、多偉大、多無遠弗屆，這已是常識了，不待多言。這裡我們只說，他在人類歷史裡歸屬於一個古老、人數不多、而且今日世界已然停止供應的職位或說人種，名單大致是：巴哈、米開朗基羅、愛因斯坦、亞當・史密斯、達爾文和麥可・喬丹（他極可能搶下了最後一個名額）云云。

我們很難簡單爲這樣一群奇怪的人命名，他們通常代表著自己的那一行業，即使不是原始的開創者，也必定是最重要的奠基者，但事情不只是這樣，相對於其他較平凡的行業奠基者，這一小群人常常莫名其妙的「嚴重」擴張開當時歷史條件所允許的規格，超越了既有的歷史條件限制，而使他們的成功有著某種匪夷所思、甚至「不像人」的神采，宛如一種奇蹟——我們就以愛因斯坦爲例，前蘇俄一位重要的物理學者曾月旦物理史上的偉大人物，分爲四個等級，級數愈低，其成就和重要性便愈驚人，其中愛因斯坦被單獨列爲〇等，理由便在於，像量子論的發現，有客觀的物理學進展爲基礎，即使沒有當年普朗克那臨門一腳，短則數年，長則十年，也一定有其他物理學家會提出來；相對論不同，這是由「一個偉大的天才不可思議獨力想出來的」。

這一小群人，你不見得會最喜歡他，因為喜歡不喜歡有著因緣，有歷史的隨機性，比方說不少人喜歡雷蒙．錢德勒和他筆下的菲力普．馬羅，遠勝柯南道爾和他筆下的福爾摩斯，正如不少人毋寧更喜歡壯烈深沉而且音符常帶感情的柴可夫斯基而不是巴哈，但你仍不能不承認他的確是這個行業中的眞正天下第一人，你甚至可以討厭他恨他，但你絕對不能無視於他巨大而且無所不在的存在。

而由於這一小群人的存在和成就距離我們今日往往有相當一段時日了（麥可．喬丹仍是唯一的例外），在江山代有才人出、後代傑出人物有機會站在他們肩上看世界的狀況之下，這一小群人亦難免有過時甚至被取代的危機出現。像亞當．史密斯或達爾文，社會主義思潮的蔚然成風和凱因斯一般理論的出現，以及社會達爾文主義對演化論的誤解和誤用，一度曾令這兩個偉大的名字黯然，乃至於成為某種程度的髒名詞。然而，眞正厲害的也正在於此，當二十世紀後半，人們逐步發現凱因斯的理論無法解釋並對付不了經濟實況，市場機能遠比人們所想像的精微奧妙；當人們進一步探入基因這個攜帶遺傳密碼的小小世界，重新思索生物傳種演化的祕密，我們才又一再的驚喜發現，史密斯和達爾文的洞察力、穿透力、理論延展力和他們可怕的預言啓示能力。

時間，對這一小群人而言，彷彿並不構成威脅，而且，彷彿還眞需要一點時間，我們才有機會看到他們的眞正價值和邊界。

討厭福爾摩斯的人

如同正面攻打一座堅固如金湯的城堡一般，要從頭一件一件交代福爾摩斯的「功勳」，無疑是太浩瀚不切實際的工程，這裡，請容我們倒行逆施一下，借用科學主義者卡爾·巴柏著名的「否證」概念，來看看歷史上眞正討厭福爾摩斯的人及其理由。

老實說這不多，其中最著名的可能是美國的推理評論家海克拉夫，他說福爾摩斯小說「全都有太鬆散、太明顯、太不原創、太平庸，而且詭計和主題一再重複等等毛病」。

在進一步討論之前，我們可以先把答案給擺這兒：海克拉夫的嚴厲指控，熟讀福爾摩斯小說的人都清楚他的矛頭指向哪篇小說或哪個段落，也可以同意並非無的放矢，但絕大部分仍不是眞的。

事實上，海克拉夫並不能算歷史上最討厭福爾摩斯的人，他頂多排第二，眞正的冠軍不是別人，正是福爾摩斯的創造者且因他而功成名就甚至封爵的柯南道爾本人。柯南道爾從一八八六年《暗紅色研究》以來，並沒把這位老鷹一樣長相的聰明神探當回事，而且隨著福爾摩斯的愈來愈成功，愈發想擺脫他甚至謀殺掉他，最終得手之後，柯南道爾快樂得不得了，在自己的日記本上慶功般寫下「殺死了福爾摩斯」，而且怎樣都不讓他復活。

這樁令全球福爾摩斯迷駭然的公然謀殺發生在一八九三年，長期以來一直心懷殺意的柯南道爾，終於在〈最後一案〉中，讓福爾摩斯和他的死敵莫拉提教授雙雙跌落瑞士山區的雷清貝瀑布深淵之中——當然，除了快樂的柯南道爾本人之外，每個人都極其傷心，包括那些平日不苟言笑的倫敦金融界人士在絲帽上加了黑帶誌哀；包括可以想見的讀者抗議信函如雪片湧入雜誌社，甚至破口大罵作者「殘忍冷血」；在大西洋彼岸的美國人更誇張，他們開始集結串聯，成立所謂的「福爾摩斯不死會」，如雨後春筍般紛紛從芝加哥、舊金山、波士頓等地冒出來，跟眞的一樣。

一直抗戰了足足八年之久，也就是一九〇一年，柯南道爾才「看在錢的分上」，肯讓福爾摩斯在〈空屋探案〉中化妝成老流浪漢回來，這也是後來題名《福爾摩斯歸來記》的第一篇及其得名的理由——已然死過一次的福爾摩斯從此成爲一個不死之人，他最後的下場是緩緩退休，不知所終。

柯南道爾之所以這麼討厭福爾摩斯，用最簡單、其實也是他自己所說的話是，「他妨礙了我做更有意義的事。」——很多人曉得，柯南道爾是那種超級典型的維多利亞式大英國佬，一生以大不列顚帝國和女皇陛下之榮辱興亡爲己任，他的人生有太多「有意義」的事要想要做，包括南非的波爾戰爭，包括第一次世界大戰，包括國會選舉和國家政策，包括英美兩國未來再結合爲世界超級強權，甚至包括英國運動員如何在奧運會拿到好成績云云；而他最想寫的作品，除了晚年傳教式的唯靈論文章之外，出身沒落貴族、從小被他母親灌輸紋章學和歷史故事的柯南道爾，自認最有動力也寫得最好的一直是騎士型的歷史俠義小說。這些林林總總，我們從這回和「福爾摩斯全集」一起出版的《柯南道爾的一生》一書，皆能清楚讀到。

得稍加說明的是，這本柯南道爾的一生傳記，寫的人不僅大有來頭，而且是真正的「內行人」。此人叫約翰・狄克生・卡爾，是推理史上的大師級人物，他有個更響亮的名號，叫「密室之王」，理由是他一生數十部推理小說中，皆至少存在著一個以上的密室殺人概念——當然，這本《柯南道爾的一生》可能是唯一的例外，儘管這本傳記係以小說的形式表達，而且也包含著死亡，但不是待破的謀殺案，更沒有密室，不知道卡爾寫此書時會不會覺得非常不過癮。

燦若滿天繁星

在福爾摩斯四個長篇和五十六個短篇探案所構成的堅硬盔甲中，若有所謂的裂縫，大概集中在長篇上頭——我想應該不會有錯，以海克拉夫爲代表的質疑福爾摩斯的聲音，便集中在這上頭。

眞正讓福爾摩斯「偉大」起來的，不是四大長篇，而是那燦若滿天繁星的五十六個短篇。正如古典推理小說大師、而且也極可能是推理史和推理評論第一把交椅的朱利安・西蒙斯所說的，即使在二十世紀末的今天，我們來挑選推理史上最好的二十個短篇，福爾摩斯應該至少可排上半打吧——朱利安・西蒙斯更進一步銳利指出，在長篇推理並未找到「舒適」表達格式的十九世紀末二十世紀初當時，福爾摩斯的四個長篇，不論就詭計、就情節和結構，毋寧更像是字數寫得太長的短篇，只除了《巴斯克村獵犬》，這是「提前出現」

的長篇瑰寶。

福爾摩斯的短篇如何好法？我個人曾有個可能並不恰當的說法：古典推理的短篇接近推理小說的「原型」，所謂的原型，指的不只是推理演化史的順序、由短篇而長篇這一點，而是指短篇通常直接體現著詭計和死法，是古典推理長河所賴以發展的一個個源頭。這樣的原型，我們可以簡單通過短篇小說的「概念化」予以提煉結晶出來，比方說，福爾摩斯的某個短篇（對不起，基於職業道德我們不能提是哪篇作品）是「如何讓凶手裝扮成被害人」，或「死亡或重傷無力之後如何讓凶器消失」等等，當這樣的概念結晶出來，後代的寫作者便有再複製的可能，就像研發出一部原型飛機可以增添修改成為多種形態功能不同的機種一樣。

如果這樣的想法不算太離譜的話，那我們可以說，柯南道爾的五十六個短篇，除了少數不免自我重複之外（海克拉夫便是逮住這少數特例開火的），他一口氣獨力為後來的推理創作世界至少貢獻了四五十個詭計或說死亡的原型，這是個極其驚人的數字，你要不要打個電話問問美國的麥道或洛克希德公司，四五十架成功的不同原型飛機值多少錢？

所以說，推理小說始自於愛倫坡，但眞正讓推理小說大成大行的關鍵人物，卻如假包換是柯南道爾及其筆下的福爾摩斯，當然，我們也別忘了，他另外還貢獻了華生醫生，這個神探助手的概念人物，被全世界眾多推理作家狠狠使用了一百年，至今仍用來順手無比，絕不過時。（其實哪裡只是推理小說，你以為蝙蝠俠身旁忠心耿耿的羅賓，概念從哪裡來？）

尋常「一次性使用」、只關心最終凶手是誰的讀者，比較不容易發現福爾摩斯閱讀玩賞底下的巨大意義，但寫小說的推理作家對這點可是知之甚詳，福爾摩斯的短篇像一個巨大的羅網，一百年來的古典推理作家放任自己的聰明才智和想像奔馳，定下神來才發現，自己依然在福爾摩斯的掌理範圍之中，你會有仰之彌高鑽之彌堅的慨歎，當然，你也可能會很生氣。

這也使得福爾摩斯的短篇值得並吸引眞正的推理迷一再閱讀，而不是知道答案就毫無樂趣了——我個人的經驗是，除了順手翻翻、看看其中某篇這種不算之外，大約每隔個三兩年，便很自然會從頭看一遍，總次數大約在五到八次之間，我記得每個結局、每個關鍵、每個出場人物、每個情節甚至對白，但仍趣味盎然。

三隻黑羊

至於，那三隻黑羊呢？——我指的是《巴斯克村獵犬》之外的三大長篇。

其實沒那麼糟糕啦，海克拉夫顯然是個語不驚人死不休的誇張傢伙，我這麼說並非懾於福爾摩斯的威名，或考慮到事隔一百年難免應該降低標準，我是眞的有認爲不壞或頗有意思的眞心理由。

這麼說好了，名小說家鍾阿城極喜歡顏眞卿的字，但我個人喜歡的是魏碑，魏碑是從漢隸走入眞書（即今日的正楷）一個有趣而燦爛的階段，爲什麼有趣而燦爛呢？我的想法是，彼時眞書的形態還沒完全定型，某個字該怎麼寫才叫好看沒形成有限的定則（比方說王羲之或顏眞卿怎麼寫它），提筆寫字的人千奇百樣，充滿了嘗試性和想像力，同一個字，石門銘有石門銘的寫法，靈廟碑陰有靈廟碑陰的寫法，溫泉頌有溫泉頌的寫法，天下不定於一尊，美學沒有強大難以撼動的唯一主流，字的呈現當然多樣而且充滿驚喜，不像後代，天下不宗顏即宗柳之後，美則美矣，但看來看去就那少數幾種字，久而久之不免以爲這個字只能這樣寫才對。中國後代的書家亦發現了這點，所以才有「顏眞卿出，天下之字大好也大壞」的說法，大好，是因爲有規則可摹可循，較容易有個款式；大壞，則是因爲顏眞卿的磅礴懾人，後代學書者容易膽怯而不敢落拓瀟灑走自己的路。

柯南道爾便正好是處於這樣「一體兩面」環節之人。之前固然有愛倫坡、威基．柯林斯等先驅，但古典推理的「寫法」並未眞正定型，和其他小說的邊界亦非常模糊，柯南道爾一方面以他的推理寫作才智爲後代推理小說鑄成發展之路，但另一方面，他個人的寫作則充滿著嘗試意味，鑿痕累累。像《恐懼之谷》，在結構上便完全不符合我們所習見的長篇推理，它幾乎是一剖爲二，前半是一篇稍長的純短篇推理，後半則是另一篇黑幫火併歷險小說；更怪的是被今日古典推理視爲不可違犯的最終解答，居然就在這小說進行一半的臨界點「提前」出現，這當然令今人讀之駭異。

但正如國內小說名家張大春的用詞，這樣的書寫有某種「野趣」，我們感受到某種樸直的自由。

如此的野趣或說自由，表現在柯南道爾較圓熟的短篇探案便有著相當醒目的光芒，在福爾摩斯的五十六個探案中，我們會讀到，其中有來不及破案的，有無須破案的，亦有說不出來福爾摩斯到底算成功或失敗的，甚至還有連構成不構成犯罪都難以說清的，它們不像後代推理小說那麼「整齊」，於是也就沒有後代推理小說那樣削足適履式的矯揉造作——總而言之，它們和人生現實有更稠密更結實的連接，沒那麼封閉。

真的福爾摩斯

這直接間接令福爾摩斯獨立於所有虛構的古典推理神探之上——他像是眞的，有眞人的肌理和質感。

這曾經在很長一段時間令很多人上當。

這裡，我引述一篇《讀者文摘》的文章前段：

倫敦貝克街上，一個肩掛照相機的遊客抬頭找尋門牌。商業大廈管理員白拉斯見了便說：「又來了一個。」果然那遊客在門外止步，略一猶豫，然後推門而入，走到擺在大堂的辦公桌前，面帶困惑的神情向白拉斯問路：「我想找二百二十一號B座福爾摩斯的住宅。」

這已是當天的第十二次，白拉斯重複解釋一一九號到二二三號歷來是阿比國民房屋協會的會址，並非福爾摩斯和華生住宅。那遊客若有所失，問道：「請告訴我，福爾摩斯這位偵探是不是確有其人？」

世界上還有許多人也同樣相信這件事，每星期都有大堆信件寄到二百二十一號B座福爾摩斯收。郵局總是負責的把這些信件交給阿比國民房屋協會，由協會客氣的答覆：「收信人已遷，現址不詳。」

我個人便也曾經扮演過這樣找尋貝克街二二一號B座的異鄉客，只除了，過去太多人的上當經驗，令我知道那裡並沒有抽著板菸等著幫我解答謎題的福爾摩斯和華生醫生在。我下了貝克街地鐵站，牆上瓷磚滿滿是福爾摩斯口銜菸斗的著名剪影。很清楚知道已來到他的勢力範圍了，然後我循地圖找到住址，沒有管理員白拉斯，也毋需問白拉斯，如今它是一間小小的福爾摩斯紀念館，底下是販賣部，我買了兩根印有同樣剪影的金屬咖啡小匙，以為紀念。

在那樣一個秋天黃葉嘎啦刮過老英倫路面的瑟瑟街頭，我「自我感覺良好」，彷彿走到了人生現實和想像世界的曖昧交界之處，有一種惶恐的幸福之感。

我想，福爾摩斯的宛若眞有其人，不只因為柯南道爾對這名神探長相栩栩如生的描述，哪個推理神探的長相如布朗神父如白羅我們不知道呢？也不只因為柯南道爾運用一些書寫小技巧如書信、紀錄、日記和檔案資料等，努力想讓假事成眞，這從十八世紀現代寫實小說笛福、李察生和費爾丁以降我們也看慣了；更不只因為柯南道爾還為福爾摩斯留下了明確無二的地址問題（這一點我們今天還眞的很感激他這麼做）——而是因為福爾摩斯就像是眞的。

對一個百年之後故地重返的福爾摩斯尋旅者來說，便不會只逗留在貝克街附近尋找或說感受福爾摩斯，福爾摩斯與倫敦市甚至整個大英帝國同在，你看著路上的街車，到查令十字路或維多利亞車站，步行過滑鐵盧橋，坐在泰晤士河邊喝咖啡或發呆，或甚至只是沒事看看那些緩緩行走、很「英國長相」的男男女女老老少少，只要你讀福爾摩斯讀得夠熟夠仔細而且夠多遍，你自然會想得起每個名字、每件案子、以及每個情節起伏和對話，你可能還會不自主跟著學「聰明」——前面那個中年男子才從美國回來，他是會計師，而且最近老婆剛過世，留下一個還念小學的獨生女兒；旁邊公園椅子上坐著的年輕小姐則最近才換了眼鏡，她有個不和善的雇主，而她不知道自己該不該辭職回愛丁堡去；至於剛剛走過她前面的老頭子則是退休的騎兵，他在二次世界大戰北非戰場受過傷，他喜歡黛安娜王妃遠勝過查爾斯王子，如今他最大的願望是到西藏一趟，找尋吉卜齡小說中所描述的世界……

福爾摩斯，當然是眞的。

推理書架上的陳查禮

一個內行的、老練的、沉靜專業傾向而非玩家的推理書迷，他的書架上應該有哪些書？——這個問題，或應該說諸如此類的問題，是我個人最近常想常自問的，這裡，我們先把問題擱在這裡，不急。

來看陳查禮。

陳查禮之於我們當然有著特殊的意義，至少多了某種土不親人親的情感趣味，儘管我們也同時曉得這層意義仍屬虛構而來的——陳查禮，至此為止，仍是普世性推理小說記憶之中第一個也是唯一的中國人神探，但這位幼年生長中國、移民夏威夷而任職當地警方的黃皮膚探長，卻是純純粹粹的美國人創造出來的。這老美有個很違背中國人「不炫己長，勿識人短」古訓的頗傲慢家族姓氏，他叫「大仔」畢格斯（Earl Derr Biggers），本業是新聞記者，也玩小說和電影劇本，心血來潮在一九二五年寫成了陳查禮探案的第一本書《不上鎖的房子》，就像歷史上並非很少見的成功模式一樣，居然一砲而紅，畢格斯於是趁熱又陸續打造出往後的五部陳查禮小說，卻在才四十九歲（一九三三年）忽然蒙主寵召，於是陳查禮，乃至於中國神探的叱吒戲碼遂嘎然停在「六」這個數字上。

原始小說只六本，但陳查禮的電影不止，這其實正是陳查禮現象最有趣的地方。從一九二九年畢格斯人還健在開始，陳查禮探案的電影便由二十世紀福斯公司開拍，累積總數幾乎達五十部之多，如此小說數量和電影數量的「不當」比例，極可能是推理史上的第一名，這個詭異的現象透露了一些很有意思的訊息，但也會帶來一些麻煩，一得一失，難免的事。

爲數近五十的電影（還不包括舞台劇），當然遠比才六部的小說要遼闊沒節制多了，電影裡的陳查禮，到巴黎、到倫敦、到埃及、到紐奧爾良，人到哪裡命案到哪裡，完全不是原小說安分組囚解謎於窄窄美國東岸的勤勤懇懇樣子——也就是說，電影中所取用的，與其講是畢格斯的實質小說內容，不如講是畢格斯所創造出來的這個華裔神探人物原型，是這樣一個華人移民神探和當時美國社會的熔接和矛盾關係，於是，原本虛擬封閉性的古典式推理小說，從此處打開了一個缺口，焊接上現實世界的百年華人移民史，遂得到一層意想不到的歷史意義，成爲另一種思維的窗口。

麻煩也從這個缺口開始——誰都曉得，好萊塢的大美國式淺薄上百年如一日，陳查禮的神探原型落在他們手中盡情發揮，所自然結合和呈現的，一定是彼時美國社會對華人的傲慢和鄙視，影片拍出來，與其講是古老中國的睿智神探，毋寧更讓人和源於「黃禍」恐懼的邪惡傅滿洲小說和電影混淆一起，怎麼看都是「辱華」影片。

侮辱，從這裡看有兩種不同來源，一是確確實實心懷歹意，這是傅滿洲的小說和影片；另一是源於無心、輕忽和不理解，這是陳查禮電影，兩者我們多少要分辨一下，其間的差別還是挺大的、挺富意義的。

即便回到畢格斯的陳查禮小說，儘管我們曉得他用心光明磊落，努力要創造出一個有著不一樣深奧東方智慧的華人神探，甚至善意的對抗彼時美國社會的粗鄙認知，但我們仍不免在閱讀過程中有不舒適之感。然而理解其間的差異，我們的不舒適便有機會積極起來，正面起來、成爲思維開始的驅動力量。

最近看史恩·康納萊演的電影《將計就計》，裡頭的電子密碼赫然是一句孔子的話，叫「不要用大炮轟蚊子」，我愣了好久，才想到是孔子當年高興子游治績、弦歌之聲處處的莞爾之語：「殺雞焉用牛刀」。

因此，就讓畢格斯筆下的陳查禮講些我們找不到出處的中國智慧格言吧，作爲一個讀者，在這上頭太炫學太計較，我們不僅會錯過爲數僅六部的陳查禮小說，也辜負了畢格斯的苦工和善意，在那樣的時代、那樣的現實社會空氣、那樣程度的中國理解寫出如此的小說，我們理應回報以善意不是嗎？

更專業的壞小說閱讀

至於陳查禮探案的眞正成就如何呢？老實說，中上左右，這自有推理小說世界的專業評價，不可感情用事給與溢美或加分，這種專業的堅持和嚴正，其實是台灣社會要緩緩學習並硬著心腸建立的。

但我以爲台灣的推理小說閱讀走到今天，我們也理應擁有這一組爲數才六本的陳查禮探案小說才是，這同時也是緩緩建構一個專業能耐推理閱讀所必要的，也就是我們一開始所標示問題的直接答覆——專業性的推理書架上，應該有陳查禮探案的當然位置。

理由很簡單，乍聽起來似乎也有點弔詭：業餘的閱讀，可以而且通常所讀的總是最好的小說，以享樂爲主；而專業的閱讀，卻需要讀更多中等的小說，甚至是劣等的小說，以理解爲主。這是業餘和專業最無可避免的分野。

如此分野其實是我個人長時期而且歷歷分明的眞感受——在小說（不止推理小說）的閱讀世界中，我自認是一名不太壞的業餘愛好者；而在此同時，由於生命偶然機緣的關係，我個人周遭一直有著多位台灣現階段最專業、也成就最可觀的小說家和評論者研究者，我很快察覺到，最好的小說我讀的絲毫不比他們少，而更愉快的是，我不必像他們一樣，得咬著牙沉住氣讀些並不那麼好的小說，我帥多了，翻個兩頁，這本不行，就刷一聲往地板另一頭扔過去，沒事閒談起小說來，我也肯定比他們帥多了，這有什麼疑問呢？罵人永遠比艱辛支吾的在砂中淘金要姿勢漂亮、要瀟灑不是嗎？

但帥的短期利多總得在長期的扎實堆累付出代價的——長期，你就無可遁逃的見識到這種專業性閱讀的力量了，我理解的，永遠只是一個個不相關聯的點，串不起線構不成面；我所知道的，只是一個個散落的孤島，而不是一個廣大完整的小說之海；我的線索是中斷的，知識是破碎的，從而就連最好小說的閱讀都相對的單薄起來了，只因爲最好的小說通常並不眞的是天外飛來的，相反的，它更經常是一連串之前的叩問、探險乃至於失敗所最終成就的美好結果，而失敗，永遠比成功留下更多思維的線索和理解的證據，成功太完整也太看起來理所當然了，所有的縫隙和其他的可能性都被漂漂亮亮補起來了，彷彿一體成形，我們絕不容易單單由此渾然結果去回溯它的思維過程，重建它艱難跋涉過的長路，找出它最原初的疑問，並提著心看它每一步的英勇抉擇和睿智處理，我們在終端處欣賞讚歎，是個置身風浪局外的愉快觀眾，而不像同行的專業者那樣重疊起閱讀者和書寫者兩者的思維，心領神會，並找出接下來的啓示。這不是因爲他們一定比我們聰明，而是一定比我們專業，這條路他們和書寫者一樣走過，並看過一路上的殘破和失敗，因此知道而且記憶深刻發生了什麼事情。

對我個人而言，這是很惆悵也惱人的發現，我竟然不是輸在好的小說讀不夠，而是輸在沒那麼好的、以及壞的小說讀得不如人這上頭。

由此，我們回頭到生活中其他領域再察看，最好的電影我們看了，最好的音樂我們聽了，最尖端的科學新知、經濟學原理乃至於哲學主張我們大致也不陌生，甚至偷懶看球時，我們也沒少過麥可．喬丹、阿格西、山普拉斯、老虎．伍茲、邦斯、麥魁爾、索沙、小葛瑞菲等等，但我們仍只是這諸多領域的業餘者，也恰恰因爲這樣，才說明我們只是個業餘者。

補滿知識的縫隙

最好的東西永遠有限，從構成圖形來看，它們永遠只是金字塔形的最尖頂，用往下愈平凡愈不好的廣大基底撐起來。

我們的學習，因一代代智慧累積、從前代巨人的肩膀看世界的省力緣故，通常圖形是和歷史的如此建構圖形倒置，我們往往從最好、最尖端處開始，這沒不好，這是我們作爲後來者的優勢，但我們得心知肚明我們省略了什麼，我們得記得提醒自己回頭去補滿一部分必要的基礎。

這其實就是專業化的建構，大家都說是台灣現階段最必要的東西。

回頭五十年（乃至於一百年、一百五十年的清末民初），台灣一直是追趕學習的新社會，一樣是走倒置的學習過程，時至今天，成果不差，在尖頂處我們大致能和世界的最進步發展接上，甚至同步，所有最好的智識成果，我們也都引進來了伸手可及，也能和外頭世界的當下侃侃對話，而我們卻也時時感受到台灣諸多領域的脆弱單薄，可見問題不出在好東西上——順著上頭的思維，我們應該可以說，台灣是一個好的業餘者社會，還不是個眞正專業性的社會。

什麼時候我們最感覺到台灣社會的單薄脆弱呢？當然是災難來臨時、困阨來臨時，必要的抉擇來臨時。這類的考驗時光，我們往往發現我們並不是沒有主張，而是一堆主張都擺在那裡，我們卻無能分辨無法抉擇，是內閣制還是總統制？該徵稅還是減稅？基本經濟政策走向該往左還右？……

最好的主張，並不是唯一的眞理；最好的主張，也並不彼此調和、融結成單一的完美整體，相反的，它們往往以複數的形式並存而且彼此抗衡，每一個都有它不同的思考基礎、歷史建構過程的特殊理由，以及最重要的，歷史實踐的眞實成敗經驗，而各自暴露出各自的局限和代價，這種分辨，便不是業餘者的美好欣賞所能做到的，這是專業判斷的事，辛苦而且痛苦。

如果我們召喚專業，就應該充分意識到，我們愉悅學習欣賞的時日已到達一個該轉變的階段點上了，如今一個相對乏味辛苦工作得跟著開始——你得開始讀沒那麼好的小說，看沒有你心儀大明星的球賽，不在選舉辯論中快樂的二選一並姿勢很帥的罵東罵西，你得確實的、緩慢的、耐下心去補滿知識的必要縫隙，專業的必要素養和知識以及其尊嚴，是在不完美之處、失敗之處一點一滴打造起來。

不錯的開始

最好的東西永遠有限，最好那一級、令你愉悅歎服的推理小說也永遠有限，在台灣，就連推理閱讀也多少到達專業業餘的分界點上，我們也得爲自己做一個小小抉擇，瀟灑的純享樂？或是既然都走到這裡了，何妨進一步讓自己像個更專業更深沉的讀者？

這個小小抉擇，倒不見得一定要從陳查禮探案開始，但此時此刻出版的陳查禮六書，亦不失於一個好的閱讀偶然機緣，也是一個朝向專業推理讀者的好橋梁，它們在金字塔頂稍下那一層，對台灣的「華文讀者」尤其另有一番獨有的意義和思維線索，這其實也是我們選擇這六本書翻譯出版的眞實理由。

是個不錯的另階級開始。

：死亡遊戲

這是一個遊戲的「戲」字，現存最古老的造型，由三千多年前商代的人刻在牛的肩胛骨或大龜的腹甲之上，也就是我們今天稱之爲「甲骨文」的玩意兒。

從這個遠達三千年的造型來看，彼時遊戲的內容可眞是駭人，字裡面那隻象形的動物，有著張開的血盆大口，有斑斕花紋身體，還長一條長尾巴的，正是當時華北平原上凶猛程度僅次於「執政沒準備好」苛政的老虎，俗稱白額吊睛大蟲；而左邊「」形狀則是作爲武器的戈，把這兩樣東西一起關在封閉的場地裡面，便構成了一幅古代羅馬人迫害早期基督徒的「寓教於樂」畫面——沒有錯，三千年之前中國人的遊戲原來是這麼玩的，

找人持戈矛來對付老虎，死亡遊戲。

顯然推理小說時間稍晚，也就文明多了，我們暴虎馮河的死亡遊戲只在紙上玩。

推理小說最原初的內容其實不是小說，而就是個「遊戲」，一個聰明的人在下午茶，在晚餐桌上，在爐火的床邊，所進行的一種你考倒我、我拆穿你的不傷身體鬥智遊戲——一代一代的推理小說家總一再重複告訴我們，每個人都有潛在殺人的欲念，每個人都可以是凶手候選人，我們希望事情不眞的是這樣，但如果我們眞的有如此天生的美好特質難以自棄，那我們得把它馴服下來禁錮起來，如此，殺人推理遊戲會是個健康的選擇，不會致命不會吃官司，甚至還有讓思維啓動內心澄明目光清澈的良好副作用，偶爾還更有某種形上意義的正義實踐之效，比方我們來假設一種殺人推理遊戲，有名凶手衝入召開中但據說只是打瞌睡喝茶沒人認眞發言的行政院會之中，而該凶手的槍裡只有兩顆子彈，若換成是你的話，你會挑誰開槍覺得對芸芸老百姓幫助最大？當然民意調查的結果我們全都知道，但推理從不民主，推理永遠是單一孤獨心靈的勇敢思索和最終是非斷言，我個人會挑蔡英文和邱義仁，兩個因爲比較聰明（就內閣閣員的相對智商而言）最有能力操控所以危害最大的人，你呢？

記得，推理是聰明人的遊戲，因此，它絕大多數的凶手或被害人通常不會是傻瓜，傻瓜不値得殺，他沒太大傷害別人的力量。這一點，在複雜的人生現實上它基本上是對的。

但好就好在，你只發動了自身的思維，而不用也不可能眞的去殺人，就像當代美國最好的冷硬大師勞倫斯・卜洛克筆下的紐約善良小偷羅登拔所說的，你唯一可能殺掉的只有時間，那些雖然不殺人但有時會漫長索然得快把人給逼瘋的時間。

這就是推理小說最原初的樣子，它的本來面目，一種遊戲，心智的、思維的，在這裡，老虎是印在紙上的，戈矛也是，但有了大腦和心靈的參與，如李維史陀所說：「比起大腦，人的雙手只是個粗劣的工具。」（附帶一句，那些花很多錢讓小孩打電腦遊戲只有助於手眼協調的父母，都該記得這句話。）這個遊戲可以更驚心更險惡更扣人心弦。

我的一位老師告訴我：「人發明了傘笠，就可以跟風雪相嬉戲。」一樣的，我們有了書本，就可以跟這樣駭人的死亡相嬉戲。

國家圖書館出版品預行編目資料

唐諾推理小說導讀選 I ／唐諾作.--
初版，--臺北縣中和市：
INK印刻，2002〔民91〕
冊； 公分
ISBN 986-80425-1-8（第1冊：平裝）.--
ISBN 986-80425-2-6（第2冊：平裝）
1.小說-評論

812.7 91010284

INK publishing

作　　者	唐　諾
發 行 人	張書銘
社　　長	初安民
責任編輯	高慧瑩
美術編輯	張薰方
校　　對	呂佳真　唐諾
出　　版	INK印刻出版有限公司
	台北縣中和市中正路800號13樓之3
	電話：02-22281626
	傳真：02-22281598
	e-mail：ink.book@msa.hinet.net
法律顧問	現代法律事務所
	郭惠吉律師　林春金律師
總 經 銷	成陽出版股份有限公司
	訂購電話：02-26688242
	訂購傳真：02-26688743
郵政劃撥	19000691　成陽出版股份有限公司
印　　刷	海王印刷事業股份有限公司
出版日期	2002年8月　初版一刷
	2002年8月　初版二刷
定　　價	260元

ISBN 986-80425-2-6

K INK INK INK INK INK INK IN
INK INK INK INK INK INK INK
K INK INK INK INK INK INK IN
INK INK INK INK INK INK INK
K INK INK INK INK INK INK IN
INK INK INK INK INK INK INK
K INK INK INK INK INK INK IN
INK INK INK INK INK INK INK
K INK INK INK INK INK INK IN
INK INK INK INK INK INK INK
K INK INK INK INK INK INK IN
INK INK INK INK INK INK INK
K INK INK INK INK INK INK IN
INK INK INK INK INK INK INK
K INK INK INK INK INK INK IN
INK INK INK INK INK INK INK
K INK INK INK INK INK INK IN
INK INK INK INK INK INK INK
K INK INK INK INK INK INK IN
INK INK INK INK INK INK INK
K INK INK INK INK INK INK IN
INK INK INK INK INK INK INK
K INK INK INK INK INK INK IN
INK INK INK INK INK INK INK
K INK INK INK INK INK INK IN
INK INK INK INK INK INK INK
K INK INK INK INK INK INK IN